Günter Huth

Der Schoppenfetzer

und seine weinfränkischen

Kellergschichtli

Günter Huth wurde 1949 in Würzburg geboren und lebt seitdem in seiner Geburtsstadt. Er kann sich nicht vorstellen, in einer anderen Stadt zu leben. Huth ist von Beruf Rechtspfleger (Fachjurist). Er ist verheiratet und hat drei Kinder. Seit 1975 schreibt er in erster Linie Kinder- und Jugendbücher sowie Sachbücher aus dem Hunde- und Jagdbereich (ca. 60 Bücher). Außerdem hat er bisher hunderte Kurzerzählungen veröffentlicht. In den letzten Jahren hat sich Günter Huth vermehrt dem Genre Krimi zugewandt und in diesem Zusammenhang bereits einige Kriminalerzählungen veröffentlicht.
2003 kam ihm die Idee zu einer Würzburger Regionalkrimi-Reihe. „Der Schoppenfetzer" war geboren. Sehr schnell hat sich die Reihe um Exkommissar Rottmann und seinen Hund Öchsle in Mainfranken etabliert und ist zwischenzeitlich auch im außerfränkischen „Ausland" weit verbreitet.
Der Autor ist Mitglied der Kriminalschriftstellervereinigung „Das Syndikat".

Günter Huth

Der Schoppenfetzer und seine weinfränkischen Kellergschichtli

echter

A paar Wörtli vornewech

Die Traditionsweinstube *Maulaffenbäck* in der unterfränkischen Weinmetropole Würzburg ist schon seit vielen Jahren Heimat des Stammtisches *Die Schoppenfetzer.* Mitbegründet von dem pensionierten Kriminalkommissar und ehemaligen Leiter der Würzburger Mordkommission Erich Rottmann, der dort in der Obhut seines ständigen vierbeinigen Begleiters Öchsle und in Gesellschaft beispielsweise des emeritierten Rechtsanwalts Ron Schneider und des ehemaligen Leiters der Würzburger Staatsanwaltschaft, Horst Ritter, seine zweite Wohnstube hat. Dieser Stammtisch tagt im *Maulaffenbäck* täglich im Wechsel zwischen Frühschoppen und Abendhock. Wobei, und das darf man mit einem gewissen Augenzwinkern durchaus sagen, die Grenze zwischen Früh- und Abendstammtisch hin und wieder sehr durchlässig sein kann. Die Anni, die Bedienung im *Maulaffenbäck*, kann dann schon mal gezwungen sein, mit fränkischem Charme darauf hinzuweisen, dass der *Maulaffenbäck* keine Betten zur Verfügung stellt und dass auch in der Besucherritze des Wirtes kein Platz zur Verfügung gestellt werden kann und in ihrer Bettstatt schon gar nicht.
Da sich diese Runde im Laufe der Jahre zu wahren Weinexperten entwickelt hat, kommen immer wieder Einladungen renommierter Winzer und Weingüter aus Würzburg und Umgebung, die *Die Schoppenfetzer* zu Verkostungen in ihre Weinkeller bitten. Es bedarf wohl keiner großen

Erwähnung, dass die Herren solche ehrenvollen Anträge niemals abweisen. Bei diesen Gelegenheiten, wenn der Wein mundet, die Brotzeit schmeckt und der Winzer beim Nachschenken nicht knauserig ist, laufen die Stammtischbrüder zur Hochform auf und es werden, neben der Diskussion der brisanten Tagesthemen der Stadt, immer wieder lustige, teilweise auch spannende Schnorren rund um den Wein ausgetauscht, deren Ausschmückungen mit zunehmendem Weinkonsum der Herren Weinexperten immer blumiger werden.
Mir als bescheidenem Schreiberling ist es ehrenvolle Pflicht und hehre Aufgabe, diese Gschichtli der interessierten Nachwelt zu erhalten.

Zum Wohlsein!

Günter Huth

Die Handlung und die Akteure dieser Geschichten sind frei erfunden. Jede Ähnlichkeit mit toten oder lebenden Personen oder Persönlichkeiten des öffentlichen Lebens ist nicht beabsichtigt und wäre rein zufällig.

DIE GSCHICHTLI

Der Maulaffenbäck

Aus Anlass des Geburtstags von Ron Schneider, ehrwürdiges Gründungsmitglied des Stammtisches „Die Schoppenfetzer", lud dieser seine Stammtischbrüder zu einem Geburtstagsschoppen in das Kellergewölbe unter ihrer Stammweinstube „Maulaffenbäck" ein. Das Erstaunen der Stammtischbrüder war groß. Sie wussten zwar, dass der Wirt des „Maulaffenbäck" über einen Weinkeller verfügte, es war ihnen aber auch bekannt, dass er diesen offiziell nicht nutzen durfte, weil der Raum weder einen Notausgang noch sanitäre Anlagen besaß. Für die Geburtstagsfeier von Ron Schneider hatte der Wirt allerdings eine Ausnahme gemacht und die dort lagernden Weinkisten zur Seite geräumt, so dass genügend Platz entstand, um ausreichend Tische und Stühle aufstellen zu können. Am Abend der Feier schmückte der Wirt den Weinkeller mit Kerzen und auch sonst war alles sehr festlich dekoriert. Bei der Feier ging es hoch her. Das Geburtstagskind ließ sich wirklich nicht lumpen und der Wirt fuhr auf, was Küche und Keller hergaben. Bald waren die Herren in bester Feierlaune und das Kellergewölbe hallte wider von ihrem lauten Gelächter. Irgendwann kamen die Stammtischbrüder auf das Junggesellentum des Jubilars zu sprechen und äußerten die wildesten Vermutungen, warum er bisher unbeweibt geblieben war und erörterten die Frage, ob für ihn überhaupt noch eine Chance bestand, ein Eheweib an Land zu ziehen. Ron Schneider ertrug die Scherze mannhaft. Irgendwann hob er die Hand und erklärte, als halbwegs Ruhe eingekehrt war:

„Da fällt mir die Geschichte eines Winzers ein, der ebenfalls Schwierigkeiten hatte, seinen Sohn an die Frau zu bringen … Hört mal zu!“

Die Kellertherapie

Der Winzer Bartholomäus Kirchberger saß in fröhlicher Runde in Obereisenheim im Wirtshaus *Zur Höll.* Es war Samstag und an diesem Tag hatte die Schafkopfrunde *Ächel-Sau* ihren allwöchentlichen Kartenabend. Wie immer ging es bei dem Spiel hoch her, schließlich spielte man ja auch um Geld. Centbeträge nur, da es ja in erster Linie darum ging, die Gegner möglichst ausgefuchst über den Wirtshaustisch zu ziehen. Da wurde auf die Tischplatte gedroschen, geschimpft, geflucht und schadenfroh gelacht, je nach dem, wie der betroffene Spieler gerade abschnitt.

Soeben hatte der Bartholomäus, ein sonst ausgesprochen ausgefuchster Schafkopfspieler, wieder einen Fehler gemacht, der dritte an diesem Abend, und damit seinen Spielpartner Emil in arge Bedrängnis gebracht.

„Ja, pass doch uff!", schimpfte Emil und musste mit grimmiger Miene zusehen, wie die Gegner triumphierend den Stich einschoben. Das Spiel war damit verloren. „Was is denn heut los mit dir? Hat dich die Fränzi, dei Fraa, so geärchert, dass de nimmer klar denk kannst?" Er schob ein Zwanzig-Cent-Stück über den Tisch zu seinem Gegner, der es grinsend einstrich. Bartholomäus zahlte ebenfalls seine Spielschuld, dann meinte er: „Gotts Wille, ich gläbb, ich hör für heut uff. Ich kann mich efach nimmer richtig konzentrier."

Da die Zeit sowieso schon weit fortgeschritten war, warfen die Kartbrüder das Blatt zusammen und hörten auf. Wenig später zahlten sie und verließen das Gasthaus. Nur der Bartholomäus und der Emil blieben noch sitzen. Nachdem sich die beiden noch einen Schoppen bestellt hatten, fing Bartl von sich aus an zu reden.

„Gotts Wille, Emil, wässt, mir macht mei Bub, der Max, halt ziemliche Sorche."

Emil sah seinen Tischnachbarn aufmerksam an. Ihre beiden Weingüter lagen nebeneinander und die beiden Männer pflegten, obwohl sie eigentlich geschäftlich Konkurrenten waren, ein ausgesprochen gutes Nachbarschaftsverhältnis.

„Hat er was angstellt?"

„Nääå", gab Bartl zurück. „Gotts Wille, des is es nit. Der Junge is grundanständich … Fast zu anständich", setzte er etwas verzögert nach.

„Wie meenste des denn jetzt?", wollte Emil verwundert wissen und zog die Augenbrauen hoch.

„Gotts Wille! Wässt, jetzt ist der Kerl sechsedreißig Jahr alt, aber meenste, der schaut sich a mal nach ennere Fraa um? Du wässt doch, dass er mei Enzicher is. Er soll doch a mal mei Nachfolge uff em Hof anträt. Awwer des geht doch nit ohne Fraa!"

Emil runzelte die Stirn. „Meenst nit, dass er scho a mal

… a weng rumpoussiert hät? Vielleicht hastes nur nit mitkriecht?“

Bartl schüttelte entschieden den Kopf. „Gotts Wille, nä, der hat nur sei Bücher im Kopf. Ständig hockt er mit irchend ennere Schwarte im Haus rum und biwelt.“

„Hat er nit scho a mal so a weng hinner der Mädli hergschaut? Kann i gar nit gläbb. Vielleicht hastn a nit richtich uffgeklärt. Musstm halt a mal so a speziells Heftle hilech. Drinne in der Stadt hab ich die scho am Bahnhof hänge sehn. So a klenner Anstoß schad doch nix.“

Bartholomäus sah seinen Nachbarn verwundert an. „Was du am Bahnhof so treibst!“ Dann zuckte er mit den Schultern. „Gotts Wille, ich wäss nit. Von mir hatt er des jedenfalls nit. Ich meen, so ganz ohne Interesse scheint er ja nit zu sein. Letzthin hab ich durchs Küchefenster gsähe, dass er dabei zugschaut hat, wie unner Gockel uff die Henne nuffstieche is.“

„Aha“, gab der Emil zurück und nahm einen Schluck, dann erklärte er kategorisch: „Da gibt's meines Erachtens nur eens. Du musst em halt a erfahrens Mädle zuführ. Enne, die wäss wos lang geht. Die wird em dann scho uffs Fahrrad nuffhelf. – Du wässt, was i meen?“ Er lachte keckernd und sah seinen Tischnachbarn dabei vielsagend an.

Bartl zuckte mit den Schultern. „Gotts Wille, so enne musst halt erst a mal find. Sie muss ja a Interesse am Weingut hab. Sonst kannst es glei vergess.“

Emil schüttelte den Kopf. „Jetzt mach dich doch nit verrückt. Des siehst du total falsch. Dei Junior soll se doch nit glei heier. Es geht doch erst a mal drumm, dass er…, du wässt scho, halt so a bissle sei Scheu verliert. Musst dich halt a mal in der Stadt umguck. Da gibt's doch genuch von der Sorte, die en a weng anlern könne." Er machte grinsend eine vieldeutige Geste. „Wenn er dann e weng firmer is und sich sei Hörner a bissle abstoße hat, dann kann mer a a mal über enn Ernstfall nachdenk."

Es war ein sehr nachdenklicher Bartholomäus Kirchberger, der weit nach Mitternacht dem heimischen Weingut zustrebte. Sein Freund Emil hatte eindeutig recht: Wenn der Bub alleine nicht auf den Trichter kam, musste man ihn halt ein wenig an die Hand nehmen. Allerdings hatte der Bartl so gar keine Ahnung, wie man mit einer geeigneten Dame in Kontakt treten konnte. Als braver Winzer hatte er diesbezüglich noch nie Bedürfnisse gehabt.

In den nächsten Tagen zog sich Bartl häufiger in den Weinkeller zurück und beschäftigte sich heimlich, damit Fränzi, seine Frau, ja nichts merkte, mit den Kontaktanzeigen der regionalen Zeitung. Das Angebot war so verwirrend, die verwendeten Ausdrücke und Abkürzungen für ihn so unverständlich, dass ihm schon nach kurzer Zeit der Kopf schwirrte. Was hatte ein kirchentreuer, unterfränkischer Winzer sich unter einer „experimentierfreudigen, aber sehr strengen Reitlehrerin" vorzustellen, „die auch gerne mal die Peitsche schwang und die Sporen gab. Treffen nach Vereinbarung"? Bartl runzelte die Stirne. Er hatte ja keinen Reitstall, sondern ein Weingut. Dann dachte er an die Empfehlung seines Nachbarn Emil und strich die Annonce an. Wenn eine Frau sich mit der Reiterei und damit zwangsläufig mit Pferden beschäftigte, hatte sie zumindest einen natürlichen Bezug zur Landwirtschaft. Ein wenig Strenge war sicher auch kein Fehler. Als er keine weiteren Anzeigen fand, die ihm geeignet erschienen, versteckte er die Zeitung hinter einem Weinfass, damit ihm seine Fränzi nicht noch zu guter Letzt auf die Schliche kam. Die hätte ihm Zunder gegeben, dass ihm Hören und Sehen vergangen wären. Er überlegte. Übermorgen würde sein Sohn Max von einer Reise nach Nürnberg zurückkommen, wo er an einer Weinpräsentation teilgenommen hatte. Bis dahin wollte Bartl alles organisiert haben.

Maria Leierbein, achtundzwanzig, ledig, Verwaltungsangestellte bei der Regierung von Unterfranken, in Würzburg wohnhaft, stand seit fünf Jahren mit genehmigter sozialer Nebentätigkeit als Domina *Apokalyptika* im Dienste ihrer männlichen Kunden. In dieser Zeit hatte sie schon die verrücktesten Wünsche angetragen bekommen. Als sie allerdings an einem Montagmorgen einen Anruf aus dem mainfränkischen Obereisenheim erhielt, dachte sie zunächst an einen dummen Scherz.

„Hier Kirchberger, Obereisenheim“, hatte sich der Anrufer gemeldet. Maria hatte sehr schnell registriert, dass es sich bei dem Anrufer offenbar um einen Anfänger handelte, der sich zum ersten Mal an eine Frau ihrer Profession wandte.

„Ja, Gotts Wille, was soll ich sach“, hatte der Mann herumgestottert, „ich hab Ihre Anzeiche in der Zeitung geläse und ich tät mich a mal gern mit Ihne unterhalt. Ich hab da so a … speziells Problemle. Wann hätte se denn a mal a Stündle Zeit?“

Maria zögerte einen Augenblick, dann erwiderte sie: „Wollen Sie zu mir kommen oder …“

„Nä, um Gotts Wille nit. Wenn mich enner sieht, dass ich in der Stadt annere Fraae dahemm besuch und sachts meinere Fränzi, dann kriech ich Zunder. Verstehens? Geht’s vielleicht a irgendwie innere Wirtschaft?“

Bis jetzt hatte die Maria ihre Nebentätigkeit immer in einem eigens dafür eingerichteten Studio in einem Gartenhäuschen in einer Würzburger Kleingartenanlage ausgeübt. In einem Wirtshaus noch nie. Als der Anrufer dann die *Marktbärbel* um die Mittagszeit vorschlug, war der Frau schnell klar, dass der gute Mann wirklich etwas ganz Spezielles auf dem Herzen haben musste. Neugierig geworden, sagte Maria zu. Sie verabredeten sich für den nächsten Tag während Marias Mittagspause.

Als der Bartl die Maria sah, gab es ihm einen richtigen Riss. Sie sah ausgesprochen gut aus und brachte selbst seine eingerosteten Triebe etwas in Wallung.

„Gotts Wille, was soll ich denn sach“, stotterte er herum, als sie sich in der *Marktbärbel* gegenübersaßen und die Maria ihn nach seinen Wünschen fragte. Bartl drehte sein Schoppenglas nervös in der Hand. „Wissese, es geht um mein Max. Der Max is halt a weng a schwiericher Fall.

A weng zurückgebliewe mit die Mädli und so. Unn da hab ich mir gedacht, dass mern halt a weng uff die Sprüng helf müsst. So a weng a Starthilfe gewissermaßen. Gotts Wille, dass er halt kapiert, wie der Has läfft, wenn er dann a mal richtich läff müsst. Es wird halt höchste Zeit, dass der Kerl a Fraa find und heiert. Mei Fränzi und ich wern ja a nit jünger und der Bu soll halt a mal unnern Hof übernemm."

Maria hätte am liebsten laut aufgelacht, beherrschte sich aber. Eine derartige Anfrage hatte sie bis jetzt noch nie bekommen. Mit ernster Miene fragte sie: „Wie ham se sich des denn vorgstellt?" Unwillkürlich war sie auch in den Dialekt gefallen.

„Na ja, könnte se nit a mal bei uns dahemm vorbeikomm. Mer ham jetzt bald Weinlese. Da könnte mer doch sach, dass se als Städterin halt a mal gern dabei wärn, wenns naus in Wengert geht. Da hättese dann Gelechenheit sich an den Bu a weng ranzumache."

„Sie meine also, ich soll den Max so richtig verführ?" Maria machte es einen Heidenspaß, den Winzer ein wenig verlegen zu machen.

„Gotts Wille", gab der Bartl etwas gequält zurück, „wie sie des so sache. Awwer es tät tatsächlich nix schad, wenn der Bu a weng uffn Gschmack käm. So, dass er dann halt wäss, wie er allee weitermach muss, wenns im Ernstfall a mal druff ankommt. – Sie täte mer wirklich an große Gfalle damit. Unn meinere Fränzi a, selbst wenn se um Gotts Wille nix davon erfahr dürf. Die rennt sonst glei widder zum Pfarrer zum Beichte – und dann wäss es bald des ganze Dorf."

Er wandte sich zur Seite und griff in einen Stoffbeutel, der neben ihm auf der Bank lag. „Ich hab Ihne da en schöne Schinke mitgebracht. Selber geräuchert. Lasse Se sichs schmeck!“ Bartholomäus legte einen dunkel geräucherten Bauernschinken auf die Tischplatte. Sofort erfüllte ein angenehmer Duft nach Geräuchertem den Wirtsraum. Maria bekam große Augen. Diese Art von Naturalanzahlung hatte sie bis jetzt noch nicht erhalten. Bartl deutete ihre verwunderte Miene fälschlich als Ablehnung und beeilte sich zu versichern: „Gotts Wille, nix für ungut, ich hab halt gedacht, so a klenne Entschädichung vorweg … Danach sache se mir halt, was ich schuldig bin. Da soll mers uff en Fuffziger ruff und nunner nit ankomm.“

Maria war klar, dass der gute Mann keine Ahnung hatte, wie ihre Dienste üblicherweise honoriert wurden, trotzdem sagte sie kurz entschlossen zu. „Ich denk a mal, mer wern ihr Mäxle scho hinkrieche!“

Der Weinbauer riss erfreut die Augen auf, dann bedankte er sich überschwänglich bei Maria. Sie verabredeten, dass Bartl Maria in wenigen Tagen anrufen würde.

Die Edeltraud Krauss war eine junge, gestandene fränkische Frau Ende der Zwanzig. Stramme, sportliche Figur, die sie sich nicht im Fitnesscenter erworben hatte. Die Traudl war eine fleißige Arbeiterin, die bei der Weinlese wegen ihrer Zuverlässigkeit eine geschätzte Hilfe war. Keiner wusste so richtig warum, aber irgendwie war die Traudl die ganzen

Jahre der Aufmerksamkeit der heiratsfähigen Buben im Dorf entgangen. Vielleicht lag es daran, dass sie nie in die Disco ging, sich nicht schminkte und auch sonst den gesellschaftlichen Ereignissen des Dorfes lieber fern blieb. Traudl war ganz einfach ein bisschen schüchtern.

Auch bei den Kirchbergers war Traudl jedes Jahr während der Weinlese beschäftigt. Schon seit Jahren hatte sie ganz heimlich auf den Max ein Auge geworfen, sich aber nie getraut, das dem Jungwinzer in irgendeiner Form zu signalisieren. Für dieses Jahr hatte sie sich geschworen, dass sich das ändern musste und sie dem Max ihre Zuneigung zeigen würde. So konnte das nicht weitergehen. Ihr Gefühl sagte ihr, dass der Max sie schon mochte, sich aber seinerseits auch nicht getraute, es ihr zu zeigen.

Traudl bekam schmale Augen, als schon beim ersten Tag der Lese ganz unerwartet eine Frau aus der Stadt auftauchte. Sie wurde vom Bauern ungewöhnlich freundlich begrüßt und als Maria vorgestellt. Sie sei eine, die sich aus Interesse gerne einmal bei einer Weinlese nützlich machen wollte. Bartls Angetraute ihrerseits warf der Stadtpflanze einen kritischen Blick auf die Hände und kam zu dem Ergebnis: Oft hatte diese Dame noch nicht körperlich gearbeitet.

Schon nach einer Stunde im Wengert war Traudl klar, dass sich dieses hemmungslose Frauenzimmer offensichtlich an den Max, ihren Max, heranmachen wollte. Ständig hielt sie sich in der Nähe des Jungwinzers auf, versuchte ihn in ein Gespräch zu verwickeln und machte höchst überflüssige Bemerkungen über seine körperlichen Kräfte, wenn er die volle Bütte mit elastischen Schritten den steilen Weinbergshang hinunter trug. Traudl kannte Max gut genug, um zu sehen, dass ihm diese Schmeicheleien gefielen, auch wenn er nichts dazu sagte.

In der Brotzeitpause, in der alle an Biertischen auf dem Weinbergsweg beisammen saßen, Wein tranken und Brot und Hausmacherwurst vesperten, saß sie sofort neben ihm, viel zu dicht für Traudls Geschmack, und redete auf ihn ein. Nachdem Max ein paar Glas Gespritzten getrunken hatte, taute auch er ein wenig auf und es kam sogar so etwas wie ein Gespräch zustande. Traudl kochte. So weit war sie bei Max noch nie gekommen! So eine elendige Schlampe. Kam daher und wickelte ihren Max um den Finger. Vor lauter Wut trank Traudl wesentlich mehr Wein, als ihr eigentlich zuträglich war. In diesem speziellen Fall beseitigte der Alkohol allerdings ihre Hemmungen und gab ihr den Mut, über ihren eigenen Schatten zu springen. Als die Lese weiterging, sorgte sie dafür, dass sie in der Reihe las, in der Max die Trauben abtrug. Vom Wein angeregt, drängte sie sich an Maria vorbei und verwickelte ihn ihrerseits in ein Gespräch. Am Ende wunderte sie sich, dass es eigentlich ganz einfach war, mit Max zu reden. Es wäre doch gelacht, dachte sie irgendwann, wenn sie die reingeschneite Stadtpflanze nicht ausstechen konnte.

Als sich der Lesetag zu Ende neigte, versammelten sich die Arbeiter am Traktor, um zum Dorf zurückzufahren. Dabei konnte Traudl beobachten, dass der Bauer und diese

Maria die Köpfe zusammensteckten. Auch Fränzi warf den beiden äußerst kritische Blicke zu. Was hatten die beiden zu flüstern?

Unauffällig näherte sich Traudl den beiden und spitzte die Ohren. Was sie hörte, verschlug ihr die Sprache! Wenn sie es richtig verstanden hatte, beschrieb der Kirchberger der Städterin gerade den Weg in den Weinkeller! Dieser alte Bock! Das hätte sie ihm niemals zugetraut! Doch dann fiel der Name Max! Traudl war ein intelligentes Mädchen. Sie hatte schnell eins und eins zusammengezählt. Der Bartl war offensichtlich gerade dabei, seinen Sohn Max, ihren Max, an diese Maria zu verkuppeln! Das gab es doch nicht! Diese Erkenntnis und der genossene Wein setzten in Maria unglaubliche Kräfte frei. Die Gedanken rasten durch ihr Gehirn. Die Not gebar einen Plan!

Als der Traktor im Hof der Kirchbergers einfuhr, sprangen die Erntehelfer vom Anhänger und verabschiedeten sich. Traudl nutzte das Durcheinander und näherte sich Max.

„Was meenst'n, gehen mer nachert noch a Stückle hinne naus? Ich hätt was zu berede mit dir."

Max sah sie einen Augenblick erstaunt an, dann erwiderte er zu ihrer Verwunderung: „Könne mer mach. Ich fahr nur noch schnell den Traktor in die Scheuer."

„Hinne naus" war die ortsübliche Bezeichnung für einen Weg, der hinter den letzten Häusern des Dorfes in Richtung Wald führte. Ein gern gewählter Spazierweg für Liebespaare. Traudl wunderte sich über ihren plötzlichen Mut. Aber sie wusste, dass es heute galt. Es war offensichtlich, dass die

Konkurrenz nicht schlief. Aufmerksam beobachtete sie den alten Kirchberger, der Maria, die eine größere Tasche aus ihrem Auto geholt hatte, hinter die Scheune begleitete. Sein ganzes Verhalten wies darauf hin, dass er etwas Heimliches tat. Sie wusste, dass dort der Hintereingang des Weinkellers lag.

Wenig später kam Bartl ohne die Frau zurück. Die Fränzi war damit beschäftigt, die Bütten auszuspritzen. Sie hatte von dem ganzen Vorgang nichts mitbekommen.

Traudl konnte sehen, dass sich der Bartl nach seinem Sohn umsah. Als er Max entdeckt hatte, redete er auf ihn ein. Max schüttelte mehrmals den Kopf. Traudl konnte es vor Spannung bald nicht mehr ertragen. Schließlich gab sie sich einen Ruck und sprach die Kirchbergerin an. Nachdem sie einige Sätze gewechselt hatten, drehte die Bäuerin das Wasser ab und sah Traudl aufmerksam an. Mehrmals schüttelte sie ungläubig den Kopf, dann nahm sie wieder ihre Arbeit auf. Traudl zuckte schließlich mit den Schultern und wandte sich ab. Sie wollte ihr Treffen mit Max nicht versäumen. Es begann zu dämmern.

Franziska ließ sich die Worte Traudls durch den Kopf gehen. Sie hatte ihr eigentlich nur gesagt, dass ihr Bartl dieser Städterin den Hintereingang zum Weinkeller gezeigt hatte. Dabei hatte sie allerdings einen sehr hintergründigen Ton und eine vieldeutige Körpersprache gezeigt. Fränzi hatte keine Ahnung, was das alles bedeuten sollte. Traudls doppeldeutige Anspielungen auf diese Maria waren nicht zu überhören gewesen. Aber sie konnte sich einfach nicht vorstellen, dass mit ihrem Mann auf seine alten Tage noch einmal die Hormone durchgehen sollten. Noch dazu so offensichtlich! Aber bei Mannsbildern wusste man ja nie! Was hatte er vor? Sie beobachtete, dass er ins Haus ging. Der richtige Zeitpunkt, einmal im Weinkeller nach dem Rechten zu sehen. Sie legte entschlossen die Gummischürze ab, die sie beim Abspritzen der Bütten getragen hatte, dann näherte sie sich dem Eingang zum Weinkeller.

Es war stockfinster, und als sie das Licht einschalten wollte, gab es keine Reaktion. Hatte es die Sicherung rausgeworfen? Da sie sich hier auch blind ausgekannt hätte, tastete sie sich die Treppe hinunter. Als sie unten angekommen war, hatten sich ihre Augen etwas an die Finsternis gewöhnt und sie konnte den leichten Lichtschimmer erkennen, der im hinteren Bereich des Kellers zu erkennen war. Fränzi verspürte im Magenbereich eine leichte Spannung. Was war hier los?

Franziska Kirchberger war eine schlanke, drahtige Frau, die figürlich eher einem Mann glich. Weibliche Rundungen waren ihr weitgehend versagt geblieben. Sie trug bei der Arbeit eine Baseballkappe und einen Blaumann.

Als sie sich dem Lichtschein näherte, der von ein paar Kerzen ausging, erschrak sie schrecklich, denn es donnerte ihr plötzlich eine barsche Stimme aus dem dunklen Hintergrund entgegen: „Tritt näher, Sklave! Und komme demütig zu deiner Herrin!“

Dann trat eine in schwarzes Lackleder gekleidete Gestalt in den Lichtschein der drei Kerzen. Fränzi traf fast der

Schlag. Die Gestalt trug eine schreckliche Kopfmaske, bei der nur für die Augen und den Mund Öffnungen vorhanden waren. In der Hand trug sie eine kurze Peitsche, mit der sie sich klatschend gegen die oberschenkelhohen Schäfte ihrer Stiefel schlug.

Das war für die Bäuerin zu viel. „Jesses Maria, der Teifel!“, schrie Fränzi schrill. „Der Teifel!“ In Panik drehte sie sich um und stürzte Hals über Kopf aus dem Keller. Kreischend stürmte sie ins Haus und warf sich Bartl an den Hals, der gerade dabei war, sich ein Bier einzuschenken.

Stammelnd berichtete Fränzi ihrem Mann von ihrem Erlebnis im Keller, wobei es einiger Anläufe bedurfte, bis Bartl ihre Worte verstand. Äußerlich blieb der alte Winzer ruhig und versuchte seine Frau zu beruhigen, innerlich war er total geschockt. Was hatte Maria dort im Keller abgezogen?

Aus sicher nachvollziehbarem Eigenschutz beschloss Bartl, seiner Frau über das geplante „Arrangement“ keinen reinen Wein einzuschenken. Als sie sich etwas beruhigt hatte, erklärte er, dass er im Keller nach dem Rechten sehen werde. Das Angebot, ihn zu begleiten, lehnte Fränzi Gott sei Dank ab.

Natürlich kam Bartl bei seiner Nachschau zu dem Ergebnis, dass im Keller nichts Auffälliges zu finden gewesen war. Offenbar war nur die Sicherung herausgesprungen.

Es war nicht ganz einfach gewesen, Maria schnell, aber diskret aus dem Weinkeller und vom Hof zu schaffen. Selbstverständlich bekam sie ein reichliches Honorar, was auch einen Gutteil Schweigegeld enthielt. Franziska Kirchberger indessen zweifelte an ihrem Ver-stand. Da Bartl aber außer „Gotts Wille“ nichts von sich gab, bat sie den Herrn Pfarrer, den Weinkeller rein vorsorglich auszusegnen. Man konnte ja nie wissen.

Ach ja, das hätte ich fast vergessen, da waren ja noch Traudl und Max. Max hatte von dem ganzen Theater im Weinkeller nichts mitbekommen. Die beiden hatten einen schönen Spaziergang „hinne naus“ gemacht, bei dem Traudl sich ein Herz nahm und dem Max mehr oder weniger deutlich ihre Gefühle für ihn offenbarte. Es war, als hätte man den richtigen Schlüssel in ein geheimes Schloss gesteckt. Jedenfalls gestand auch Max etwas holprig seine Zuneigung. Der Spaziergang endete mit einem schüchternen Kuss. Beide fühlten: Endlich hat a Topf sei richtichs Deckele gfunne.

Als das Gelächter der Schoppenfreunde über diese Schnurre etwas abgeebbt war, ergriff Rottmann das Wort: „Da erinnere ich mich an einen Kriminalfall, mit dem ich mich einmal auseinandersetzen musste, kurze Zeit, nachdem ich die Leitung der Mordkommission übernommen hatte. Da ging es darum, dass jemand eine Fasstüre missbrauchte, um seine niederen Triebe ausleben zu können. Eine Sache, die damals, nachdem ich sie zum Abschluss gebracht hatte, in den Medien ziemlich hohe Wellen schlug, weil es schon ein höchst ungewöhnlicher Fall war, der leider letztlich nicht völlig aufgeklärt werden konnte." Rottmann lehnte sich zurück, sammelte sich kurz, bis er die volle Aufmerksamkeit seiner Stammtischbrüder hatte, dann begann er …

Die Rache der Andalusierin

Als Michaela del la Rossa den Thorsten Steininger aus Randersacker geheiratet hat, war ihr schon klar, dass sie kein Kind von Traurigkeit ehelichte. Der Thorsten war einer, der, wie man so schön sprichwörtlich sagt, an jedem Finger zwei haben konnte – und bisher auch gehabt hatte. Am Tage der Hochzeit hatte er Michaela hoch und heilig geschworen: Schluss ist's zukünftig mit Sprüngen in irgendwelche unerwünschte Seitenrichtungen.

Dem Thorsten war, trotz einer gewissen Alkoholisierung in diesem schicksalhaften Moment, klar gewesen, dass dies ein Eheversprechen ohne Hintertürchen, Haken und Ösen war. Michaela hatte rassiges, spanisches Blut in den Adern. Ihr Großvater war ein echter andalusischer Edelmann gewesen, dessen Vorfahren ihre familiären Angelegenheiten noch mit dem Degen bereinigten und hatte über ihren Vater sein heißblütiges Temperament an seine Enkeltochter vererbt. Michaela machte ihrem frisch gebackenen Gatten klar, dass alle seine diversen Aktivitäten zukünftig im heimischen Schlafzimmer stattzufinden hatten und dass ein Bruch dieses Versprechens die gnadenlose Rache der Tochter der del la Rossa mit sich bringen würde. Das ungezügelte Temperament der Andalusierin hatte für Thorsten in den ersten Ehejahren nur Vorteile. Zumindest im Ehebett, das der junge Gatte in der ersten Zeit ihrer Verbindung mehrmals von unten mit einem leeren Bierkasten statisch verstärken musste, obwohl die Bettstatt aus echter unterfränkischer Spessarteiche gefertigt war, also eigentlich ohne Weiteres einem schweren Angriff hätte widerstehen müssen. Michaelas wildes Temperament ließ aber auch die härteste Eiche erzittern.

Wie das nun einmal so ist, im siebten Ehejahr und nach der Geburt von drei Kindern ließen die Bettbeben immer stärker nach. Die Holzbestandteile der ehelichen Spielwiese konnten zwischenzeitlich wieder unproblematisch halten, was ihr Ruf versprach. – Und Thorsten? Ja, der entdeckte eines Tages im Spiegel sein erstes graues Haar und besann sich plötzlich schlagartig, Hormon für Hormon, wieder seines alten Talents, das weibliche Geschlecht betreffend.

Dabei ging es Thorsten und seiner Familie finanziell ausgesprochen gut. Vor einigen Jahren hatte er den väterlichen Winzerbetrieb übernommen und war daher sicher nicht zu den Ärmsten im Dorf zu rechnen. Einige Hektar Weinberge in bester Lage gehörten zum Weingut und sicherten der Familie ein erfreuliches Einkommen. Die beiden alten Steiningers verabschiedeten sich nach der Übergabe des Weinguts bald in den Wengert des Herrn.

Irgendwann hatte Michaela das unbestimmte Gefühl, dass ihr Thorsten wieder in fremden Weinbergen zugange war und dort an verbotenen Träubli naschte. Ein Verdacht, der ihr andalusisches Vollblut spontan gehörig in Wallung brachte. Sie hatte nicht ein Wort des seinerzeit von Thorsten geleisteten Eheversprechens vergessen und sie schwor sich, ihren Mann Wort für Wort daran zu messen. Gnade ihm Gott, wenn ihr Verdacht zutraf.

Alle üblichen Methoden, ihm auf die Schliche zu kommen, versagten jedoch, trotz der Aufmerksamkeit von Michaela, kläglich. Es gab keine Spuren von Lippenstift am Hemdenkragen, keinen verräterischen Parfümduft, keine verdächtigen Haare an Kleidungsstücken. Auch als Michaela die Schlagzahl im Ehebett überraschend wieder deutlich erhöhte, hielt Thorsten locker mit. Er ging auch nicht ungewöhnlich oft aus und wenn, dann war er immer dort anzutreffen, wo er gesagt hatte, dass er sein würde. Auch sein berufliches Engagement ließ nichts zu wünschen übrig. Zuverlässig kümmerte er sich in seinem Weinkeller um die edlen Tropfen. Und trotzdem ... Michaelas Instinkte schlugen immer wieder heftig Alarm.

Nach einem weiteren halben Jahr, in dem Michaela keinerlei Hinweise für irgendwelche außereheliche Aktivitäten ihres Gatten finden konnte, war sie schon drauf und dran, ihre Gefühle als Hirngespinste abzutun. Da fiel ihr eines Tages bei einem ihrer Besuche im Weinkeller auf, dass ein großes Weinfass ziemlich hinten im Keller nicht befüllt war. Im Betrieb gab es schon zahlreiche Edelstahltanks und nur für besondere Tropfen wurden noch einige alte Holzfässer gepflegt. Das Fass stand leer, obwohl Thorsten erst vor einigen Tagen darüber gesprochen hatte, dass er den Ernteertrag bald nicht mehr unterbringen konnte und er sich deshalb zwei weitere Edelstahltanks würde zulegen müssen.

Robert, der einzige festangestellte Küfer – ansonsten beschäftigte Thorsten nur billigere Saisonarbeiter – meinte, von Michaela auf das leere Fass angesprochen, der Chef wäre noch nicht dazu gekommen, es sauber zu machen. Tatsächlich hatte Thorsten die Fässerreinigung immer selbst erledigt. Weniger weil er so ein fleißiger Bursche war, vielmehr war er der einzige im Betrieb, der aufgrund seiner Figur noch in die Fässer schlüpfen konnte. Worauf er, nebenbei bemerkt, ganz besonders stolz war. Bei diesem Gespräch zeigte sich Robert allerdings ungewohnt maulfaul und verkrümelte sich schnell in den Tiefen des Weinkellers. Michaela kam das plötzlich alles höchst verdächtig vor. Sie betrachtete das spezielle Fass genauer. Ihr fiel sofort auf, dass die Fasstüre nicht verriegelt war. Sie schob die Fasstüre nach innen und lehnte sie dort gegen die Wand, dann schnappte sie sich eine der herumliegenden Taschenlampen und leuchtete durch die dunkle Öffnung. Zunächst sah sie nur die dunkle Fasswand von innen. Als sie dann jedoch den Lichtstrahl herumschwenkte, bemerkte sie durch Zufall einen Strick, der innen an den Fasstauben befestigt war und von dort herunterhing. Was sollte das? Als der Lichtschein dem Seil folgte, machte die Frau eine Entdeckung, die ihr ein wütendes „so ein Dreckskerl“, gefolgt von ein paar heftigen spanischen Flüchen, entlockte. Der Strahl der Taschenlampe beleuchtete eine Matratze, die in luftiger Höhe am Himmel des Fasses an eben diesem Strick befestigt war. Im hinteren Bereich war eine ähnliche Aufhängung. Die Matratze schwebte also regelrecht waagrecht im Fass. Bei genauerem Hinsehen sah sie im oberen Bereich des Fasses Rollen, über die diese Aufhängungen liefen. Eine Matratze in einem Fass! Michaela kannte alle Veredelungsmethoden von Wein. Matratze im Fass gehörte eindeutig nicht dazu.

Die schrille Stimme der Andalusierin hallte durch den Weinkeller und holte Robert alarmiert auf den Plan.

„Ich wäss nix", gab der etwas verkniffen zurück, als ihn Michaela mit rollenden Augen sofort vernehmungstechnisch in die Zange nahm. „Ich hab mich um des Zeuch nit gekümmert, des geht mich a nix an."

„Los, jetzt sag schon, mit welchem Flittchen macht der Windhund hier rum?" Michaela dachte gar nicht daran, den Küfer aus dem Schwitzkasten zu entlassen.

Robert wandt sich wie ein Regenwurm im Schnabel einer Amsel. „Ich kann dersch wirklich nit sach." Er zögerte einen Augenblick, dann fuhr er fort: „Ich hab halt nur ab und zu a mal am nächste Tach gemerkt, dass, wenn ich scho hemm gange bin, irchend jemand no da herinne gewäse war. Ich habs dem Chef gsacht, aber er hat gemeent, dass ich mich getäuscht hätt. Da hab ich halt mei Maul ghalte. – Geht mich ja a nix an." Damit drehte er sich wieder um und ließ Michaela erneut stehen.

Die junge Frau kochte vor Wut. Für sie stand außer Frage, dass ihr hochverehrter Herr Gemahl wieder sein Gockeldasein aufgenommen hatte und „Hahn auf allen Misten" spielte! Am liebsten hätte sie dem Wortbrüchigen auf der Stelle den Kragen umgedreht. Das würde sie sich keinesfalls gefallen lassen! Die Spanierin in ihr sann auf bittere Rache. Sie zog sich in das Haus zurück, öffnete sich einen Bocksbeutel *Domina* und kochte ihre Wut im eigenen Saft. Langsam entstand in ihrem Kopf ein grausamer Plan.

Zwei Tage später fuhr Michaela in Absprache mit ihrem Mann zu einer befreundeten Winzerin, die in einem Weindorf ein Stück Main abwärts wohnte. Sie wollte sich mit der Freundin einen „Weiberabend" machen und dann dort bei ihr übernachten. Die Kinder schliefen bei Freunden. Alle waren versorgt – die Falle der Andalusierin gestellt.

Thorsten fühlte durch die Abwesenheit seiner Gattin den Wind der Freiheit um die Nase und gab Robert, weil der wegen eines praktischerweise gerade jetzt in seiner Verwandtschaft eingetretenen Trauerfalles wegfahren wollte, für zwei Tage frei.

Nach Einbruch der Dämmerung beobachtete ein Kater aus der Nachbarschaft, der auf der Suche nach einem Wochenendflirt war, im dunklen Bereich des ansonsten menschenleeren Weinguts Bewegung.

„Pass auf, Schatzi, es hat heut gerächnd unn die Stufe sinn da bissle rutschig", warnte Thorsten die junge Frau, die er bei der Hand hielt, damit sie sicheren Halt hatte, während sich beide die Treppen des hinteren Eingangs zum Weinkeller hinunter tasteten. Das trübe Licht der Kellerlampen verbreitete eine leicht unheimliche Atmosphäre.

„Des Theater geht mer fei scho langsam auf den Wecker",

gab Sabrina, die Begleiterin des jungen Winzers mit reichlich zickigem Unterton zurück. „Wenn sechstes denn deinere Fraa, dass mir zwää zsamm sinn und dass du dich scheid lass willst?“

Thorsten wusste, dass es sich bei dem Thema um total vermintes Gelände handelte. Ein Gesprächsbereich, den er tunlichst meiden wollte. Schon ganz und gar in der jetzigen Situation, in der ihm alle möglichen Fantasien im Kopf herum schwirrten, nur nicht die völlig unromantische eines Scheidungsverfahrens. Dass Frauen aber auch immer so rational sein mussten.

„Jetzt mach halt a mal kenn Stress, Schnuckele“, säuselte er. „Ich sachsere scho, aber im Acheblick is se halt nit da. Wenn se hemm kommt, unns passt, dann sach ichs ihr scho. Kannst dich druff verlass, mei klenns zwackerts Scheißerle.“

Mittlerweile hatten sie das leerstehende Weinfass im hinteren Kellerbereich erreicht. Thorsten knipste eine herumstehende Taschenlampe an und löschte das Deckenlicht im Keller. Er richtete den Lichtstrahl auf die Fassöffnung, dann meinte er: „Auf Spatzele, kriech vor, ich helf widder a weng nach.“

Das „a weng nachhelfen“ war für Thorsten immer ein höchst erfreulicher Moment. Gewissermaßen die Vorspeise dessen, was er sich gleich als Hauptgang erhoffte. War es doch dabei seine Aufgabe, Sabrina beim Durchschlupf ins Fass von hinten anzuschieben, wobei er seine Hände besonders gerne an Sabrinas knackigem Gesäß ansetzte.

Wenig später hatte auch er die enge Öffnung passiert

und schloss das Fass von innen notdürftig mit der Fasstüre. Der Riegel befand sich ja außen.

Im Schein der Taschenlampe löste er den aufgerollten Strick von einer Halterung und ließ Stück für die Stück die hochgezogene Matratze auf den Fassboden sinken. Kaum hatte sie den Grund erreicht, ließ sich Thorsten mit einem wohligen Grunzlaut auf das Polster fallen.

„Komm her, Schneckele“, lockte er und streckte seiner Begleiterin beide Arme entgegen. Sabrina ließ sich nicht länger bitten. Wenig später lagen sich die beiden in den Armen.

Das laute Geräusch der Fasstüre, deren Riegel mit Wucht zugeschlagen wurde, riss die beiden Liebenden brutal aus ihrem Rausch. Erschrocken fuhren beide in die Höhe. Während Sabrina hastig ihre verschobene Kleidung zurechtrückte, griff Thorsten nach der Taschenlampe und leuchtete die Fasstüre an. Sie war nun vollständig geschlossen und schien dabei fest eingerastet zu sein. Wer hatte das getan? War Robert früher zurückgekommen? Aber der Alte wusste doch, wozu sein Chef dieses Fass nutzte!

In diesem Augenblick waren von draußen an der Seitenwand schabende Kratzgeräusche zu hören. Wenig später verlagerte sich das Geräusch zum offenen Spundloch am Himmel des Fasses. Thorsten richtete den Strahl der Taschenlampe nach oben. Mit aufgerissenen Augen beobachtete er, wie die Düse eines Schlauches durch die Öffnung kam und dort eingerastet wurde. Der Winzer wusste natürlich sofort, was dies bedeutete. Diese Schläuche dienten dazu, das Fass mit Wein zu füllen. Sie wurden von außen im Spundloch fest arretiert, damit sie sich, wenn der Wein mit Druck durchgepumpt wurde, nicht verschoben. Von innen gab es keine Chance, diesen Verschluss zu öffnen.

Jetzt konnte sich Thorsten nicht mehr zurückhalten. Im Keller lief offenbar etwas gewaltig schief. „Hey", brüllte er, „hallo, wer ist denn da draußen?"

Er bekam jedoch keine Antwort. Stattdessen schoss urplötzlich der dicke Strahl einer kühlen, dunklen Flüssigkeit aus dem Schlauch und traf ihn mitten im Gesicht. Erschrocken fuhr er zurück. Hastig leckte er den Wein von den Lippen. Wenn ihn seine Geschmacksnerven nicht täuschten, handelte sich es um einen Spätburgunder.

„Ja seid ihr denn alle verrückt!", schrie er. „Da herinne sinn doch Leut! Stellt sofort den verdammte Schlauch ab!"

„Hilfe! Hilfe!", assistierte ihm Sabrina mit sich überschlagender Stimme.

In wenigen Augenblicken war die Matratze mit Rotwein getränkt, was ihr im Licht der Taschenlampe ein schauriges, blutrotes Aussehen verlieh. Wenige Minuten später stand der Wein den beiden bis zu den Knöcheln.

Thorsten trat wie ein Besessener gegen die Fasstüre. Laut schallte das Echo der Schläge an die Ohren der beiden Eingeschlossenen. Das Fass wirkte dabei wie ein Resonanzkörper. Doch von draußen kam keine Reaktion.

Eine Viertelstunde weiter standen Sabrina und Thorsten bis über den Knien im Wein. Ihre Schreie wurden immer hektischer. Wut wechselte sprunghaft mit Verzweiflung.

Als sie bis zum Brustkorb im Spätburgunder standen,

machte sich Panik breit. Sabrina konnte nur noch haltlos schluchzen. Thorsten fleht und fluchte abwechselnd. Seine Fäuste waren vom Trommeln an der Wand des Fasses schon ganz blutig. Doch der Wein lief gnadenlos weiter aus dem Schlauch.

Als Robert nach dem Wochenende wieder seine Arbeit im Weinkeller aufnahm, wunderte er sich, dass das Fass am Ende des Kellers befüllt war. Offenbar hatte der Chef dies am Wochenende erledigt. Er zuckte mit den Schultern. Anscheinend benötigte er es nicht mehr für seine amourösen Freizeitbeschäftigungen. War auch besser so. So musste er, Robert, wenigstens nicht mehr lügen. Der Küfer wandte sich ab und schlurfte durch den Keller davon. Er durfte nicht vergessen, seinen Chef daran zu erinnern, am Fass eine Tafel mit der Inhaltsbeschreibung anzubringen. Es war schon schlimm mit Thorsten, in letzter Zeit vergaß er immer wieder wichtige Dinge. Robert war wieder einmal froh, dass er Zeit seines Lebens die Finger von den Frauen gelassen hatte.

Am Montag kam Michaela von ihrer Reise zurück. Kurz nachdem sie das Haus betreten hatte, kam sie aufgeregt herausgestürmt und verkündete den Mitarbeitern, dass ihr Mann ihr eine Nachricht hinterlassen habe, wonach er sie verlassen und sich mit seiner Freundin Sabrina Hals über Kopf ins Ausland abgesetzt habe. Einzig Robert machte sich seine eigenen Gedanken, behielt sie aber für sich. Das Verschwinden des Winzers war im Dorf Gesprächsstoff für Wochen.

Michaela übernahm ab sofort die Verantwortung und die Leitung des Weinguts. Die Frauen im Dorf bewunderten sie, dass sie trotz dieses schweren Schicksalsschlags diese schwere Bürde auf sich nahm.

Ein Jahr später verstarb Robert überraschenderweise bei einem Arbeitsunfall im Weinkeller. Er war mit einer Leiter auf das bewusste Holzfass geklettert und hatte durch das Spundloch einen Schlauch eingeführt, um den Wein einmal zu probieren. Dabei war sonderbarerweise die Leiter auf dem feuchten Kellerboden weggerutscht, was eigentlich unmöglich war, weil Robert sie entsprechend gesichert hatte. Der Küfer schlug hart auf einer Steinkante auf und verstarb noch am Unfallort. Weil dem hinzugezogenen Notarzt die Angelegenheit etwas merkwürdig vorkam, verständigte er trotz des Protests der verwitweten Winzerin die Polizei.

Als die Polizeibeamten den Unfall untersuchten, stieg auch einer der Männer auf die Leiter und betrachtete das offene Spundloch. Der Beamte zog an dem noch immer in der Öffnung steckenden Schlauch. Dabei musste er zu seinem Erstaunen feststellen, dass sich um den leicht angerauten Gummischlauch ein Büschel langer, blonder Haare gewickelt hatte.

Die befragte Winzerin hatte für dieses Phänomen keine Erklärung, schien aber plötzlich sehr nervös. Da hier der Verdacht einer Straftat vorlag, ordnete der hinzu gerufene Leiter der Mordkommission die Öffnung des Fasses an. Ein Helfer des Weinguts musste gegen den Protest der Winzerin den ganzen Wein ablassen.

Selbstverständlich entdeckte man jetzt die beiden Leichen. Auf Anordnung der Staatsanwaltschaft wurde die gesamte vordere Fasswand weggesägt, damit man die beiden Toten unversehrt bergen konnte. Da die beiden Leichen ein Jahr im Spätburgunder eingelegt waren, hatten sie sich erstaunlich gut erhalten. Es war also nicht besonders schwierig, den angeblich ins Ausland verschwundenen Winzer und seine Freundin Sabrina zu identifizieren.

Michaela wurde von der Polizei scharf vernommen, verweigerte aber auf Anraten ihres Anwalts die Aussage. Letztlich konnte die Polizei der Spanierin keine Beteiligung an einer Straftat nachweisen. Robert, der als einziger Zeuge vielleicht etwas hätte sagen können, lebte ja nicht mehr.

Eineinhalb Jahre später orientierte sich Michaela neu und verliebte sich in einen über achtzig Jahre alten, wohlhabenden Landsmann aus Barcelona. Der schwor ihr vor dem Traualtar ewige Treue bis in den Tod und hielt sich aus naturgegebenen Gründen auch hundertprozentig daran. Als er drei Jahre später sein Weinglas für immer aus den Händen stellte, war Michaela eine wohlhabende Witwe.

Das Weingut in Randersacker erwarb kurz darauf ein armer Winzer aus dem Ort, der dadurch, wie er sagte, noch ärmer wurde.

Die Schoppenfetzer waren sich darin einig, dass Rottmann in der Angelegenheit etwas dick aufgetragen hatte. Alleine die Vorstellung, dass jemand ein ganzes Fass Wein mit Leichen ungenießbar gemacht hatte, sprengte ihre Vorstellungskraft. Rottmann zuckte nur dezent grinsend mit den Schultern. Es gab Dinge zwischen Himmel und Erde …

Regelmäßig erhielten die Stammtischbrüder eine solche Einladung aus Anlass der alljährlichen Präsentation des neuen Weinjahrgangs im Weingut Staatlicher Hofkeller, dessen ausgedehnte Kelleranlagen unter der Residenz liegen. Die besondere Ehre und der spezielle Reiz dieser Einladung bestanden darin, dass sie auf den Tag vor der eigentlichen Präsentation für Hunderte anderer Ehrengäste angesetzt war. Die Herren hatten also die Ehre, ihre Weinverkostung exklusiv und ohne störende Mittrinker genießen zu können.

Der Wein floss reichlich und der neue Jahrgang wurde von den Experten in den höchsten Tönen gelobt. Dazu reichte das Weingut eine typisch fränkische Spezialität: einen „Angemachten" oder auch „Gerupften".

Die Stimmung war so richtig auf dem Höhepunkt und die Herren waren sich einig darin, dass man beim Wein sehr gut tiefgründige Gespräche führen konnte. Da hob Horst Ritter seine Hand und warf kopfschüttelnd ein: „Im Prinzip habt ihr ja recht, aber genauso gut kann man beim Schoppen auch nur zusammensitzen, den Wein genießen und reden, ohne eigentlich etwas zu sagen."

Die anderen sahen ihn fragend an. „Passt auf, ich gebe euch ein Beispiel, was ich darunter verstehe. Ich hatte da vor einiger Zeit zwei Schoppenfetzer beobachtet, die dies bis zur Vollendung beherrschten …"

A weng a Gebabbel beim Wein

Der Frammersbach Sepp und der Kuhns Jürchen, zwei alte Kumpels, die sich schon seit der Volksschule kannten, trafen sich alle zwei Wochen in der Bürgerspitalweinstube, um bei einigen ordentlichen Schoppen ein bisschen miteinander zu babbeln, wie der Franke sagt, also einen tiefgründigen Gedankenaustausch zu pflegen. Die beiden nahmen dabei regelmäßig ihren Stammplatz in einer Nische am Fenster zur Theaterstraße ein und die Bedienung, die Bawett, brachte ihnen unaufgefordert ihre Stammschoppen: trockene Silvaner vom Stein. Die Unterhaltung war stets fränkisch lebhaft, vielschichtig und tiefgründig in der Thematik und wurde getragen vom objektiven, weltoffenen Meinungsbild zweier aufgeschlossener Mainfranken. Beide verheiratet in erster Ehe, Kinder aus dem Haus. Status: aktiver Rentner.

Sepp: „Servus, Jürchen, wie geht's der denn so?"
Jürchen: „Na ja, Sepp, wie's halt bei so en arme Rentner is. – Es geht scho."
Sepp: „Na, dann geht's ja."
Jürchen: „Mer kann ja eh nix dra mach."

Sepp: „Nä, Jürchen, mach kannste nix."

Jürchen: „Wie geht's denn deim Kreuz?"

Sepp: „Gotts Wille. Frach mi nit. Was soll i scho sach: wenn'st früh uffwachst unn s tut der nix mehr weh, dann biste tot!"

Jürchen: „Klar, wie mer halt so secht: wenn's hinne zwickt, sollst vorne uffhör! – Awwer mir gehts ja grad so. Seit die mer rechts des neue Hüftgelenk neigebaut ham, kann i zwar rechts besser läff, dafür tut mer jetzt des linke Knie weh. Mei Fraa sacht immer, mer könnt mer beim Laufe die Schuh besohl, so lahm wäre i. Stimmt awwer gar nit. Sie selber hock nur an ganz Tach am Fernseher unn guckt so Seifesendunge a."

Sepp: „Braucht ihr so viel Seife?"

Jürchen: „Näää, des hässt nur so, hat awwer mit Seife gar nix zu tun."

Sepp: „Wenn der dei Knie wackelt, musst der halt da a e Ersatzteile neimontier lass."

Jürchen: „Wenn des Dreckszeuch nur nit so teuer wär! Die Ärzt nähmes doch von der Lebende, weil se von die Tote nix mer krieche."

Sepp: „Des kannste laut sach. Wennst solche Ärzt hast, brauchst ke Feinde mehr."

Jürchen: „So is des halt uff dere Welt."

Sepp: „Ja, ja."

Jürchen: „Zum Wohl, Sepp."

Sepp: „Wohl sein, Jürchen."

Jürchen: „Wie geht's denn der Elfried, deinere Fraa?"

Sepp: „Hast du ke anners Thema? Grad wars no so gemütlich."

Jürchen: „Ja, ja, geht mer grad so, Sepp. Geht mehr grad so. Irchendwie musste ja dei Sünde abbüs."

Sepp: „Heut hat se widder gschennt wie a Rohrspatz, weil ich daher gange bin. Blos weil mer mal alle vierzehn Tach vier, fünf Schoppe zwick will. Mer muss ja a was für die Gsundheit tu."

Jürchen: „Meine hat a rum gemault. Seit ich awwer nimmer so gut hör, kriech i nur no die Hälft mit. Langt a."

Sepp: „Des muss mer hinnemm wie enn Gewitterguss."

Jürchen: „Genau. Mer kann ja eh nix mach."

Sepp: „Nä, kann mer nit. – Zum Wohl, Jürchen."

Jürchen: „Wohl sein, Sepp."

Sepp: „Wenn mer sich so überlecht, wie des früher war ..."

Jürchen: „Da kannste recht hab."

Sepp: „Aber jetzt."

Jürchen: „Mei Red."

Sepp: „Ich gläbb als, dass der Schoppe seit es den Euro gibt, a nimmer des is, was er früher amal war."

Jürchen: „Meenste?"

Sepp: „Ich wäss nit."

Jürchen: „Könnt scho sei."

Sepp: „Hinne, wie vorne nix gscheids!"

Jürchen: „Wo de hinguckst."

Sepp: „Unn des lasse se alles gnadenlos an uns Rentner naus!"

Jürchen: „Ständich kriegste nur Abzüch, immer nur Abzüch. Mer kann sich gar nix mehr leist."

Sepp: „So its. Früher bin i mit meinere Fraa drei- bis viermal im Jahr in Urlaub gfahre. Aber heut …? Dabei hät mersch dringend nötich!"

Jürchen: „Des kannste laut sach. Mir warn letztes Jahr nur zwämal wechgfahre. Emal nach Mallorca unn emal am Vierwaldstädter See. Zu mehr hats nit gereicht."

Sepp: „Es is wirklich erbärmlich, wie sie mit uns arme Rentner umspringe. Dafür hast dann a Läbe lang geklebt, dass de nit a mal im Alter jeds Jahr dei Kinner in Amerika besuch kannst."

Jürchen: „Mei Fraa sacht immer, ich wär schuld, weil ich soviel Geld für Schoppe in die Wirtschaft trach."

Sepp: „Des Gschmarr muss ich mer a alle ritzlang ahör. Awwer da schalt ich auf Durchzuch. Wenn mer scho sonst nix mehr vom Läbe hat.

Jürchen: „So is es. Die Weiwer verstehn efach nit, dass mer a was für sei Gsundheit tu muss."

Sepp: „Ebe. Wenn Pech hast, mache se den Deckel über dir zu, unn du hast von dem bissle Rente gar nix ghabt."

Jürchen: „Unn unser Fraae spiele dann die lustiche Witwen."

Sepp: „Du sagst es. Du sagst es."

Jürchen: „Zum Wohl, Sepp."

Sepp: „Wohl sein, Jürchen."

Jürchen: „Bawett, bring mer no so enn Schoppe."

Sepp: „Mir a."

Jürchen: „Meenst du nit a, dass der Schoppe a weng korkt?"

Sepp: „Ke Spur. – Was haste denn gesse?"

Jürchen: „Vorhin, dahemm en gut abgelacherter Limburcher Käs mit Musik."

Sepp: „Da wunnerts mi nit, dass du nix schmeckst. Der Käs unn die Zwiewel bringe doch die ganze Gschmacksknopse durchenanner. Ess a mal a Stückle Brot, dann wird dein Gschmack widder klar."

Jürchen: „Bawett, bring mer bittschön a Scheible Brot."

Bawett: „Aber des kost extra!"

Jürchen: „Schau dir des a. Da will a ehrlicher Schoppefetzer ausprobier, ob der Schoppe korkt unn die verlange a no Geld dafür. Wo soll des no hinführ?"

Sepp: „Verzähl ke Zeuch, der korkt nit. Des sinn die Zwiewel und der Käs. Die bringe dir da drinne alles durchananner."

Jürchen: „Vielleicht haste recht. Ich hab scho den ganze Abend sauer uffstoß müss und tierische Blähunge hab ich a."

Sepp: „Bestimmt is des so. Ich kenne des. Wenn ich was blöds ess, dann kommt mer des a dauernd hoch, dass i nix mehr richtig schmeck kann. Kannste froh sei, wenn de kenn Durchfall kriechst."

Jürchen: „… unn trotzdem is der Frankenschoppe nimmer

des, was er früher a mal war. Früher, da hat der Schoppe dirs Hemd neigezoche, so trocke war der. Kaum war der im Mache drin, hat der gleich mitverdaut und den Mache uffgeräumt. Da haste den Kork überhaupt nimmer gschmeckt! Unn Probleme mit Hämorride hats a nit gäbe. Der Schoppe hat alles weggeätzt."

Sepp: „Jetzt verzähl ke Pförz. Der Sauerampfer von früher, den haste doch nit verkäff könn.

Jürchen: „War halt so. – Unn sonst?"

Sepp: „Na ja, nix Neus halt."

Jürchen: „Es is immer widder schö, wenn mer a weng zusamme babbel kann. Sonst biste ja von der Welt wie abschnitte."

Sepp: „Recht haste. Mer erfährt ja sonst gar nix."

Jürchen: „So is es."

Sepp: „Zum Wohl, Jürchen."

Jürchen: „Wohl sein, Sepp."

„Das stimmt", stellte Ron Schneider fest, „mir geht es manchmal selbst so. Man redet so vor sich hin und am Ende muss man feststellen, dass man eigentlich gar nichts gesagt hat."

„Meinst Du jetzt die Gespräche an unserem Stammtisch?" Erich Rottmann runzelte die Stirne.

„Na ja, nicht so richtig. Manchmal gibt der eine oder andere von uns ja mal was Vernünftiges von sich."

Lautes Protestgeschrei in der Runde machte den Bösen nieder. Schneider hob sich ergebend die Hände. „Alles klar, alles klar! Ihr könnt so besoffen sein, wie ihr wollt, ihr gebt immer Druckreifes von euch."

Die Runde wurde unterbrochen, weil die Bedienungen das bestellte Essen auftrugen. Blaue Zipfel hatten sich die Schoppenfetzer bestellt. Der Kellermeister hatte mittlerweile auch den nächsten Wein aufgezogen. Ein kräftiger Grauburgunder, der wunderbar zu den Blauen Zipfeln passte. Für die nächsten Minuten waren alle Sinne der Schoppenfetzer gefesselt.

Die Herkunft der Bezeichnung „Blaue Zipfel“ für ein urtypisch mainfränkisches Bratwurstgericht, liegt tief im Dunkel der Geschichte vergraben. Manche Köche vermuten, dass die Benennung in einer Linie mit „Forelle blau“ zu sehen ist. Die Forelle im sog. Blausud gegart, ist aber, genauso wenig wie der Sud, nach dem Kochvorgang wirklich blau. Genauso wenig wie die hier zu verarbeitenden Bratwürste. Es liegt nahe, dass der Kreateur dieses Gerichts wegen des vielen Weins, der sich in dem Sud befindet, den Begriff blau gewählt hat. Schließlich ist es ja durchaus eine gängige Formulierung, wenn man davon spricht, dass der oder jener nach heftigem Weingenuss ziemlich „blau“ war. Wobei ich auch hier noch keinen Schoppenfetzer im rauschigen Zustand wirklich mit blauer Farbe im Gesicht gesehen hätte.

Wäre da noch die Bezeichnung „Zipfel“ für die Bratwürste. Da die fränkische Mundart sich gerne kerniger Metaphern aus dem täglichen Leben bedient, wobei durchaus auch anatomische Gegebenheiten Pate stehen dürfen, stelle ich den möglichen Zusammenhang in die Fantasie des Lesers und erspare mir nähere Erläuterungen. Eines ist jedenfalls klar, es sind sicher keine Kleider- oder Hemdenzipfel gemeint.

Zur Herstellung Blauer Zipfel, die sehr gerne als kleines Grundlagengericht zum Wein genossen werden, rechnet Erich Rottmann pro Person mindestens zwei Paar grobe fränkische Bratwürste. Dazu kommen drei mittelgroße Stangen Lauch, vier mittelgroße Gelbe Rüben (für Nichtfranken: Karotten), die Hälfte einer kleinen Sellerieknolle, zehn faustgroße Zwiebeln (etwa das Gewicht der Würste), ein Liter eines knochentrockenen Müller-Thurgau, zwei bis drei Tassen Weinessig und ein halber Liter Wasser.

Der Lauch wird in dünne Scheiben geschnitten, ebenso die geschälten Gelben Rüben. Die Zwiebeln können ruhig etwas grober sein. Hinzu kommen mehrere Pfeffer- und Senfkörner, ein bis zwei Lorbeerblätter und zehn bis fünfzehn Wacholderbeeren. Der Essig und das Wasser sowie die Gewürze und das Gemüse werden in einen ausreichend großen Topf gegeben und bissfest gekocht. Dann werden der Wein und die Bratwürste dazugegeben und man lässt das Ganze ungefähr eine Viertelstunde auf kleiner Flamme ziehen. Auf keinen Fall noch einmal aufkochen!

Erich Rottmann serviert die Blauen Zipfel mit reichlich Gemüse aus dem Sud und einem Schöpfer des Suds in einem tiefen Teller. Dazu gibt es ein frisches, kräftiges Bauernbrot und einen schön trockenen Silvaner.

Kleiner Hinweis: Nach reichlichem Genuss des Gerichts empfiehlt es sich, in den nächsten Stunden größere Gesellschaften zu meiden. Wer nicht weiß, was ich meine, muss es ganz einfach einmal ausprobieren. Aber bitte, sagt nicht, ich hätte euch nicht gewarnt!

Weinkeller Weingut Bürgerspital

Der Stammtisch „Die Schoppenfetzer" unternahm auch gerne mal eine Kellerführung. War hierbei doch Gelegenheit, in den verschiedenen Weingütern den Kontakt zu den Kellermeistern aufrecht zu erhalten, was nie ein Fehler war. So kam es auch, dass Erich Rottmann und seine Stammtischbrüder anlässlich der Präsentation der neuen Weine zu solch einer Führung mit Weinverkostung in das Bürgerspital eingeladen wurden. Der Kellermeister präsentierte den modernen, sehenswerten Weinkeller mit Stolz in der Stimme. Dabei wies er auch auf die Schatzkammern des Weingutes hin, in denen zahlreiche wertvolle Jahrgänge lagerten. Insbesondere die zahlreichen noch in Betrieb befindlichen Holzfässer mit ihren Edelstahlfasstüren waren eine Augenweide.

Selbstverständlich folgte nach der „anstrengenden" Führung eine ausgiebige Weinverkostung in einem der repräsentablen Verkostungsbereiche. Man setzte sich am großen runden Tisch zusammen und der Kellermeister hatte das Wort. So ab dem vierten Schoppen begann die Stunde der Geschichten. Die Herren diskutierten darüber, dass in den alten Weindörfern viele Streitigkeiten oder Meinungsverschiedenheiten auf ganz spezielle Art geregelt wurde, ohne dass man einen Anwalt oder gar das Gericht in Anspruch nehmen musste. Der Kellermeister überlegte einen Augenblick, dann meinte er, dass er da ein ganz typisches Beispiel wisse, das er gerne zum Besten geben würde …

Don Raimundo

Wer in den Wäldern rund um das Weindorf Sommerach auf die Jagd gehen wollte, kam an Raimund Kröckler nicht vorbei. Um Irrtümern gleich vorzubeugen, Raimund war nicht der Jagdpächter dieses erfreulich wildreichen Gebietes. Diese, wie man sehen wird, reichlich undankbare Rolle, wird in der nachfolgend geschilderten Tragikomödie von Eduard Wicklinger besetzt. Raimund ließ niemals einen Zweifel darüber aufkommen, dass er diesen Part für eine typische Nebenrolle hielt.

Um die Neugierde der Leser zu befriedigen: Raimund war schlicht und ergreifend der gewählte Jagdvorsteher der Jagdgenossenschaft Hagenthal. Die Jagdgenossenschaft, die Gemeinschaft der Ackerland besitzenden Bauern in einer Gemeinde, suchte den Jagdpächter aus und genehmigte den Pachtvertrag. Der Vorsteher hatte also eine durchaus mächtige Stellung. Außerdem war Raimund der Vorsitzende des örtlichen Weinbauvereins und aktives Mitglied im Vorstand des Bauernverbands. Hinter vorgehaltener Hand wurde gemunkelt, dass es mit den Wahlen in diese Ämter so eine Sache gewesen wäre … Aber wie das mit Munkeleien so ist, nichts Gewisses wusste man nicht. Raimund war der typische Beweis dafür, dass man nur das richtige Auftreten haben musste, um aus diesen Ämtern für sich selbst das Optimum herauszuholen. Kleingeister im Dorf, die offenbar im Kino diverse Mafiafilme konsumiert hatten, prägten irgendwann im Zusammenhang mit Raimund den Begriff Don Raimundo, der Pate. Wie gesagt, Kleingeister!

Bei analytischer Betrachtungsweise konnte man Raimund mit Fug und Recht als „Graue Eminenz“ von Sommerach bezeichnen. Bescheidenheit war ein Begriff, den Raimund schon lange aus seinem Wortschatz gestrichen hatte. Er sprach gern und durchaus auch großspurig über seine diversen Fähigkeiten.

Das wäre ja alles irgendwo noch hinnehmbar gewesen, wenn er nicht ein gar so großer Zyniker gewesen wäre, der für die Schwächen seiner Mitmenschen nur insofern Verständnis hatte, wenn er sie zu seinem Vorteil nutzen konnte. Es gab Zeitgenossen, die hinter seinem Rücken die verbitterte Empfehlung ausgaben: Wenn Don Raimundo lacht, gehört ihm gleich der beste Zahn gezogen.

Neben all den vielen Aufgaben, die sich Raimund selbstlos auferlegt hatte, waren die Jagd und das Wild Raimunds stille und vor allen Dingen ungestillte Leidenschaft. Ungestillt deshalb, weil er bereits drei Anläufe zum Bestehen der Jägerprüfung unternommen hatte – bisher leider erfolglos. Diese Tatsache brannte wie eine unheilbare, schwärende Wunde auf seiner Seele. Ein Punkt in Raimunds Leben, den man besser nicht berührte. Woran er in der Prüfung letztlich gescheitert war, war in Hagenthal Staatsgeheimnis. Es ist eine merkwürdige, aber oft zu beobachtende Tatsache, dass gescheiterte Prüflinge gerade in den Fächern, in denen sie erfolglos das Handtuch schmeißen mussten, sich nach einer gewissen Zeit plötzlich zu unglaublichen Experten in eben diesen Bereichen entwickeln.

Auch bei Don Raimundo trat dieses Phänomen irgendwann auf. Raimund wähnte sich als der Jagdexperte, dessen Genie von den unfähigen Prüfern in der Jägerprüfung lediglich nicht erkannt worden war. Diese Entwicklung steigerte sich sprunghaft, als sich durch die Bevölkerungsexplosion bei Sus scrofa, dem gewöhnlichen Wildschwein, die Wühl- und Fraßschäden auch in den Weinbergen von Sommerach unerfreulich häuften. Und damit kommt der Jagdpächter Wicklinger ins Spiel, der natürlich von Don Raimundo für jeden ausgewühlten Rebstock persönlich verantwortlich gemacht wurde. Gnadenlos setzte Raimund den armen Burschen unter Druck. Sein Standardsatz lautete: „Gäbt mer a Knarre, dann is da drauße im Wengert schnell a Ruh!“

In einem Anfall von Galgenhumor hatte Wicklinger das einmal so ausgedrückt: „Der liebe Gott wäss alles, Don Raimundo wäss alles besser!“

Don Raimundo liebte es, seinem Rang und seiner Vormachtstellung oftmals dadurch Ausdruck zu verleihen, dass er, wann immer es ihm gefiel, sich auf den jagdlichen Einrichtungen des Eduard Wicklinger zu „Kontrollansitzen“, wie er es nannte, niederließ. Als Don Raimundo einmal einen Jagdgast von einer Leiter heruntergescheucht hatte, weil er selbst dort Platz nehmen wollte und am nächsten Tag an dieser Stelle der halbe Weinberg von den Schweinen umgewühlt worden war, lief der Krug über. Die Jäger waren sich einig, Don Raimundo brauchte dringend einmal einen gewaltigen Dämpfer! Sie waren sich sicher, die halbe Dorfgemeinschaft würde schadenfroh hinter einer derartigen „Abreibung" stehen. Die Gelegenheit dazu sollte sich den Jägern bald bieten.

Don Raimundo war selbstverständlich ein treuer Gast am Stammtisch „Die Schluckspechte" im Wirtshaus „Zum Wilden Reiter". Dort residierte er auf seinem Stammplatz und hielt regelrecht Hof. Hier wurden die täglichen Geschehnisse im Ort besprochen, bewertet und von Don Raimundo gelenkt. Selbstverständlich auch die jagdlichen.

Dem Leser ist sicher klar, dass so ein Mann wie Don Raimundo natürlich keine Schwächen hatte. Und falls man bei ihm doch eine kleine Unzulänglichkeit entdeckte, konnte man höchstens von einer liebenswerten Eigenheit sprechen … oder so.

Eine dieser kleinen Schwächen war sein ausgeprägter Weinkonsum. Er sah das so, dass er das seinem Amt als Vorsitzender des Weinbauvereins schuldig war. Eine Pflichterfüllung, die er sich nachdrücklich auferlegte. Seine Nehmerqualitäten waren beträchtlich. Trotz seiner Kondition konnte es jedoch schon mal vorkommen, dass selbst Don Raimundo etwas „schwächelte". Beispielsweise im Sommer, wenn es sehr heiß war und wegen der damit verbundenen

Gefahr der körperlichen Austrocknung sein Weinkonsum deutlich stieg. In diesen Fällen zog er sich dann auf einen der Hochsitze des Reviers Hagenthal zurück, um dort seine „Schwäche“ durch einen gesunden Schlaf wieder auszugleichen.

Es war ein Freitagnachmittag im Hochsommer, als es für Raimund wieder einmal einen Anlass gab, richtig „abzulöschen“. Der Rudi Krick hatte seinen Fünfundvierzigsten vollendet und gab am Stammtisch einige Runden aus. Raimund war ja ein Genießer aller Weine, aber seine besondere Hingabe galt stets der Sorte „Freiwein“. Selbstverständlich wusste der Rudi, was sich gehörte und hatte ordentlich Wein auftragen lassen. Dazwischen genoss der gut besuchte Stammtisch einen ausgezeichneten Tresterschnaps, damit die Schoppen nicht so trocken durch die Gaumen laufen mussten.

Ernst Schubert, ein Jagdfreund von Eduard Wicklinger, saß mit in der Geburtstagsrunde am Tisch. Als er bemerkte, dass der Raimund langsam in eine kritische Phase geriet, entschuldigte er sich bei den Stammtischbrüdern mit seiner entleerungsbedürftigen Blase und verließ die Gaststube. Statt aber die Toilette aufzusuchen, eilte er zu seinem Geländewagen und schnappte sich sein Mobiltelefon. Mit wenigen Sätzen schilderte er dem Jagdherrn Eduard Wicklinger die Entwicklung am Stammtisch. Der machte sich sofort auf den Weg, um möglichst schnell ins Wirtshaus zu kommen! Den beiden war klar, dass Don Raimundo wieder einmal auf dem besten Weg war, eine der Kanzeln der Jäger für seine Zwecke in Anspruch nehmen zu müssen. Als Wicklinger eine halbe Stunde später die Gaststube betrat, war die Stimmung auf dem Höhepunkt angekommen. Don Raimundo gab gerade ein Volkslied zum Besten, wobei er die reichlich vorhandenen Textlücken gnadenlos mit einem blechernen „lalala“ ausfüllte.

„Sssetz di nieder, Wwwicklinger! Trink, dass was wirscht!“, unterbrach er seine Darbietung und lud Eduard mit einer großartigen Geste zum Sitzen ein, so als wäre er selbst der Gastgeber.

Der Jagdpächter schüttelte dem Geburtstagskind die Hand, dann ließ er sich auf dessen weniger theatralisch vorgenommene Einladung hin am Tisch nieder. Er sah sofort, dass Don Raimundo praktisch „hageldicht“ war. Der Verlust der Muttersprache stand kurz bevor. Die Stunde der Jäger war gekommen.

Plötzlich stand Don Raimundo auf, brummelte etwas vor sich hin und schwankte aus dem Gastraum hinaus. Keiner achtete besonders darauf, lediglich Wicklinger gab seinem Mitjäger ein verstecktes Zeichen, Raimund sicherheitshalber zu folgen. Eigentlich war für alle am Stammtisch klar, dass Raimund die Toilette aufgesucht hatte. Wicklinger hatte da aber so seine Erfahrungen und entsprechende Zweifel. Als einige Zeit vergangen war und Don Raimundo sich nicht wieder hatte blicken lassen, wurde die kleine Geburtstagsgesellschaft aufmerksam.

„Na, wo ist er denn abgeblieben?“, fragte das Geburtstagskind und warf einen Blick zur Tür.

Wie in Männergesellschaft üblich, folgten nun einige anzügliche Bemerkungen, deren genaue Wiedergabe aber für den Verlauf dieser Geschichte nicht wesentlich ist.

Eduard stand auf und verließ ebenfalls die Gaststube. Einer der Stammtischbrüder gab gerade einen Witz von sich, der die Aufmerksamkeit aller beanspruchte, so dass sein Aufbruch nicht beachtet wurde.

Ernst wartete schon draußen in seinem Wagen auf den Pächter. „Da vorne läfft er", erklärte er kurz und reichte Wicklinger sein Fernglas.

Es war schon unwahrscheinlich, welch eine Kondition Don Raimundo hatte. Durch das Glas konnte der Jäger erkennen, dass der Jagdvorsteher gerade dabei war, kurvenreich den Wald anzusteuern. Über sein Ziel gab es keinen Zweifel mehr.

Die beiden Jäger besprachen kurz die Situation. „Hast du alles dabei?", wollte Wicklinger wissen.

Ernst Schubert grinste nur und wies auf einen mittelgroßen, neutralbraunen Karton, der auf dem Rücksitz des Wagens lag. „Alles einsatzbereit!" Die beiden starteten den Motor und rollten langsam in Richtung Wald.

Die Babette, Don Raimundos angetrautes Eheweib, war sicher nicht das, was man in Unterfranken ein gestandenes Weibsbild nennen würde. Zumindest nicht auf den ersten Blick. Sie war ausgesprochen zierlich von Gestalt und überschritt die Einsfünfzig nur geringfügig. Wer sich aber von diesen Äußerlichkeiten täuschen ließ, konnte ganz gewaltig auf den Hintern fallen. Denn jeder dieser einhundertfünfzig

Zentimeter war geballte Energie. So flink wie ihre Bewegungen waren, war auch ihr Verstand und nicht zuletzt ihre Zunge. Deren Schärfe war im ganzen Dorf bekannt und gefürchtet. Deshalb endete auch an der Schwelle seines Hauses das Regiment von Don Raimundo und er war nur noch ganz schlicht der Raimund, dem seine Babette schon erklärte, wie „dahemm der Has läfft." Solange der Raimund daheim also „spurte", hatte sie gegen seine Großsprecherei beim Stammtisch nichts einzuwenden. Nicht zuletzt deshalb, weil sie wusste, dass dort nur Männergesellschaft zu finden war und keine „Schmalrehe" vorhanden waren, die dem Raimund schöne Augen machten. Früher hatte es in diesem sensiblen Bereich in ihrer Ehe schon hin und wieder mal Probleme gegeben, als der Raimund sich verpflichtet glaubte, es seiner Stellung schuldig zu sein, auch aushäusig am „Brunftgeschehen" teilnehmen zu müssen.

Aber, wie gesagt, das war früher. In der Zwischenzeit wurde Raimunds Charakterkopf von einer ausgereiften Glatze beherrscht. Und, ganz unter uns gesagt, nicht nur die hauptharliche Herrlichkeit Don Raimundos war auf dem Rückzug. Deshalb hatte sich die Babette schon lange keine kritischen Gedanken mehr gemacht, wenn Raimund seine Wirtshausausflüge weiter ausdehnte als angekündigt.

Als der Raimund in dieser Nacht wieder einmal nicht nach Hause kam, grantelte sie zwar etwas wegen seines unsoliden Lebenswandels herum, regte sich aber nicht sonderlich darüber auf.

Bis dieser anonyme Anruf kam. Die Stimme des Anrufers

war offensichtlich verstellt. Babette war schon im Nachthemd und hatte ihren Haarzopf aufgelöst.

Sie solle ihren Raimund von der Kanzel an der „Sauruh“ abholen, weil er runterfallen und sich verletzen könne.

Ehe sie den männlichen Anrufer nach seinem Namen fragen konnte, hatte der schon wieder aufgelegt. Wütend zog sie sich notdürftig wieder an. Natürlich wusste sie, wo die Kanzel an der „Sauruh“ war. Kurzerhand holte sie den Traktor aus der Scheune und ließ die hundertdreißig Pferdestärken losdonnern. Es war offenbar wieder einmal an der Zeit, ihrem Raimund ordentlich den Kopf zu waschen. Langsam übertrieb er. Ein paar Minuten später fuhr sie mit Elan neben der Kanzel vor.

Ein kritischer Blick hinauf zu den Schießscharten zeigte ihr, dass eine davon geöffnet war.

„Aha“, knurrte sie kurz. Und wer die Babette kannte, hätte an dieser Stelle schon den Kopf eingezogen, denn dieses „Aha“ war zwar kurz, aber es genügte, um die Rasierklingen in der Stimme anklingen zu lassen. Schwungvoll schnappte sich Babette die erste Sprosse und kletterte, leichtgewichtig wie sie war, zügig die Leiter empor.

Als sie die erste Hälfte der Strecke überwunden hatte, blieb sie kurz stehen. Mit einem grimmigen Nicken registrierte sie die für ihren Ehegatten typischen Schlafgeräusche. Mehrere Schnarcher, dann ein tiefgründiges Grunzen, mit einem pfeifenden Blasgeräusch im Ausklang. Wütend erklomm sie den Rest der Leiter. In ihrem Magen brodelte ein Gebräu, dessen wesentliche Bestandteile aus Gift und Galle bestand. Oben angekommen, machte sie nicht viel Federlesens und riss die Kanzeltür auf. Der Strahl ihrer Taschenlampe erhellte eine Szene, die selbst ihr, der Abgehärteten, der fast durch nichts Erschütterbaren schlagartig die Sprache verschlug. Aus ihrem Mund kamen zischende Laute, die dem Abblasen eines unter Hochdruck stehenden Dampftopfes glichen.

Saß doch da ihr Raimund auf der Kanzelbank, nur noch mit seinen langen Unterhosen und seinem Feinrippunterhemd bekleidet und hatte ein nackertes Weib auf dem Schoß! Splitterfasernackt!

Babette erlitt einen echten Schock. Bekanntermaßen entgleitet einem Menschen, der sich plötzlich in einer solch seelischen Extremsituation befindet, das normalerweise vorhandene kühle Urteilsvermögen. Völlig wutentbrannt holte sie aus und schlug der „Dame" mit ganzer Wucht die Taschenlampe auf den Kopf. Die Wirkung war so unerwartet, dass die wütende Bäuerin fast von der Kanzel gefallen wäre. Es tat einen fürchterlichen Knall und das „ausgeschamte Weibsstück" zerriss es in Fetzen.

Als sich die Babette von dem Schock etwas erholt hatte, bemerkte sie natürlich, dass das nackerte Weibsbild gar nicht aus Fleisch und Blut war. Es handelte sich um eine jener praktischen Gummipuppen, die von dem sozial orientierten Versandkaufhaus Renate Schmuse für „romantische Stunden" einsamer Männer angeboten wurden.

Als Babette diese ernüchternde Erkenntnis traf, war ihr schnell klar, dass jemand ihrem Raimund und natürlich auch ihr einen bösen Streich gespielt hatte. Es war offensichtlich, dass der gute Raimund aufgrund seiner körperlichen Verfassung keinesfalls in der Lage gewesen wäre, mit irgendeinem weiblichen Wesen irgendetwas zu tun, was man im weitesten Sinne hätte als unschicklich bezeichnen können. Don Raimundo hatte selbst der laute Knall nicht aufgeweckt. Er hing schief in der Ecke der Kanzel und schlief. Schlief so tief und fest, dass ihm das Lächerliche seiner Lage völlig entging.

Über die folgenden Minuten des Geschehens muss der Chronist den moralischen Deckmantel des Schweigens hüllen, da ja die Gefahr besteht, dass auch Jugendliche diese Zeilen in die Finger bekommen und dann Schaden nehmen könnten.

Babette jedenfalls schritt zur Tat. Sie verpasste ihrem Alten eine derartige Abreibung, dass er, kaum dass er seine Nickhäute aufgerissen hatte, innerhalb weniger Augenblicke fast völlig nüchtern wurde. Nur mühsam rettete er sich die Leiter hinunter und rannte, so schnell ihn seine Füße trugen, querfeldein davon.

Später wurde gemunkelt, er habe sich erst nach Tagen aus einem Maisfeld herausgetraut, in dem er sich verkrochen hatte. Und das nur deshalb, weil ihn der Hunger dazu trieb.

Zwei Tage später landete im Briefkasten von Babette und Raimund ein brauner Umschlag. Er enthielt kommentarlos einige kontrastreiche Farbfotos, die Don Raimundo in enger Umarmung mit einer Gummipuppe zeigten.

Don Raimundo verwandelte sich von Stund' an in

Raimund, den bescheidenen Ehemann, der gerne seinen Schoppen in Begleitung seiner Ehefrau zuhause vor dem Fernseher einnahm. Es dauerte Monate, bis er sich wieder einmal beim Stammtisch blicken ließ. Dort blieb er zurückhaltend und bescheiden. Sein Interesse an der Jagd, an Kanzeln und sonstigen jagdlichen Einrichtungen war völlig erloschen. Vielmehr mied er sie, wie der Teufel das Weihwasser.

Die verdienstvolle Firma von Renate Schmuse bekam wenig später eine Gummipuppe als Reklamation zurückgesandt. Die Experten dort wunderten sich. Bis jetzt war ihr hervorragendes Produkt selbst beim härtesten Einsatz noch nie geplatzt. Der Absender bekam selbstverständlich sein Geld zurück.

Die entspannte Stimmung und der reichliche Weingenuss trugen dazu bei, dass sich die Schoppenfetzer nur mühsam wieder beruhigen konnten. Rottmann erklärte, dass es aber auch im Verhältnis zu Behörden sehr ungewöhnliche bürokratische Vorgänge gab, mit denen sich auch Winzer herumschlagen mussten. Er hatte da ein ganz bestimmtes Beispiel im Sinn, das er zur Erheiterung der Runde gleich zum Besten geben wollte …

Der Muckeschiss

Prolog

Der im unterfränkischen Volksmund verbreitete Ausdruck „Muckeschiss" oder auch „Fliegenschiss" ist laut Lexikon gleichbedeutend mit dem hochdeutschen Wort „Fliegendreck", womit allgemein umgangssprachlich eine kaum sichtbare Verschmutzung beschrieben wird. Gerne wird das Wort „Fliegenschiss" aber auch als Metapher für die derbe bildliche Umschreibung einer unverhältnismäßig aufgebauschten Nichtigkeit des täglichen Lebens verwendet, insbesondere im Spannungsfeld Behörde – Bürger.

Drama 1. Teil

Die Strahlen der für diesen Frühlingstag ungewöhnlich heißen Nachmittagssonne spiegelten sich in den Scheiben des geöffneten Fensters und warfen ein feuriges Lichtbündel auf ein amtliches DIN-A4 Formular. Der beschriebene Doppelbogen lag auf dem Schreibtisch des Arbeitszimmers auf einer ledernen Unterlage und begann sich bereits aufgrund der Hitzeeinwirkung an einer Ecke leicht aufzuwerfen.

Entgegen seiner natürlichen Bestimmung bewegte sich just in diesem Moment ein Insekt aus der Gattung der Stubenfliegen außerhalb seines ihm von der Natur zugewiesenen Lebensraumes, nämlich der Stube. Diese Fliege, nennen wir sie der Einfachheit halber einmal Blacky, schwirrte im Augenblick ziemlich orientierungslos in dem für sie typischen Taumelflug an der aufgeheizten Außenwand des Einfamilienhauses entlang, das oben genanntes Arbeitszimmer beheimatete. Blacky, von Natur aus eher mit einem gleichmütigen Wesen ausgestattet, war nun doch etwas nervös. Er wusste instinktiv, dass er diesen Außenbereich eigentlich meiden sollte. Es gab hier viele fliegeninteressierte Rauchschwalben, die ihn zum Glück bis jetzt noch nicht bemerkt hatten.

Der Grund für diesen Aufenthalt außerhalb seiner Welt war der Umstand, dass ihn vor einiger Zeit bei einem Rundflug durch die Küche desselben Hauses die verlockenden Düfte eines Zwetschgenkuchens angeweht und seine olfaktorischen Sensoren intensiv angesprochen hatten. Blacky war das Wasser in den Fresswerkzeugen zusammengelaufen.

Gerade als er sich im Zwetschgenkuchen regelrecht suhlte, hatte ihn eines jener Riesenwesen auf zwei Beinen, welche die Welt beherrschen, entdeckt und hemmungslos von seiner Nahrungsquelle verjagt.

Die Folge dieser ethnischen Vertreibungsaktion war, dass sich Blacky nicht ordnungsgemäß in die Stube zurückziehen konnte, sondern ziemlich überstürzt sein Heil in der Flucht durch das geöffnete Küchenfenster suchen musste.

Neben Sicherheit benötigte Blacky aber auch dringend einen Platz, um sich putzen zu können. Stubenfliegen sind, entgegen ihrem Ruf, ausgesprochen reinlichkeitsbedürftige Lebewesen.

Plötzlich kam ein überraschender Luftzug, der die schwüle Thermik des hauswandnahen Kleinklimas heftig durcheinander wirbelte. Ein plötzlich auftretender Sog schlürfte Blacky unwiderstehlich durch ein geöffnetes Fenster desselben Hauses. Ein Vorgang, dem Blacky mit einigen geschickten Flugmanövern und fliegentypischer Gelassenheit begegnete.

Er erhöhte die Schlagfrequenz seiner Flügel und unternahm einen Rundflug durch das ihm bisher unbekannte Zimmer. Plötzlich schlug er einen gekonnten Haken, ließ sich fallen und landete auf einem weißen Papier, das auf einer sonnenüberfluteten Arbeitsplatte lag.

Sofort begann Blacky mit der Arbeit. Jede einzelne Facette der scharfsichtigen Rundumaugen nahm er sich vor. In leicht kreisenden Bewegungen wischte sein vorderes Beinpaar über dieses lebenswichtige Sinnesorgan. Er war so in seine Arbeit vertieft, dass er dramatischerweise für einen Augenblick die überlebensnotwendige Aufmerksamkeit vernachlässigte. Es kam, was kommen musste.

Die vom Fenster kommenden lauen Windböen, von denen eine Blacky in das Zimmer geweht hatte, verstärkten sich spontan zu einer Bö. Diese fing sich in den langen

Vorhängen, die beiderseits des Fensters lose herunterhingen und bauschte sie segelgleich auf. Ein ungebändigtes Ende wirbelte plötzlich wie die Spitze einer Peitsche in die Höhe und schlug gegen das einzige Buch, das diesen Schreibtisch, ja das ganze Arbeitszimmer, zierte. Es handelte sich um eine schwere, zehn Jahre alte, wertvolle Goldschnittausgabe des bibliophilen Standardwerkes: „Hochfränkisch leicht gemacht".

Von der Wucht des Peitschenhiebs hart getroffen, kippte das noch in Originalfolie eingeschweißte Buch zur Seite und schlug, einer Totschlagfalle gleich, auf den sich noch immer putzenden Blacky herunter.

Der Tod kam überraschend und gnädig schnell. Der Chitinpanzer, den üblichen Belastungen, die eine Fliege zu ertragen hat, unproblematisch gewachsen, hatte dem Gewicht des Buches nichts entgegenzusetzen. Es zerquetschte Blacky, die Stubenfliege, zu einem unkenntlichen, fast erbsengroßen Fleck. Die letzten Überreste einer soeben noch putzmunteren Fliege stachen auf schauerliche Weise von der hellen Unterlage ab. Dunkelblau, als Folge des Zwetschgenkuchenverzehrs.

Das wertvolle Buch blieb, dank seiner abwaschbaren Umhüllung, unversehrt.

Roman Altenkofer, erfolgreicher Winzer in Eußenheim, eilte atemlos in sein Arbeitszimmer. Das war nichts Außergewöhnliches. Atemlosigkeit war Altenkofers Lebenscredo. Immer hetzte er von einer Prämierung zur nächsten, von einer Weinverkaufsveranstaltung zur anderen. Ständig war er zu spät dran, andauernd dabei, sich auf der Überholspur des Lebens selbst zu überholen.

Altenkofer war mit zwei Schritten an seinem Schreibtisch. Vor einer wichtigen Weinverkostung musste er noch dringend die Einkommensteuerklärung für das vorausgegangene Jahr beim Finanzamt abgeben. Wen wundert es, dass er auch damit auf dem letzten Drücker war?

Er holte einen Umschlag aus der rechten Schublade des Schreibtisches und zog die ausgefüllte Einkommensteuererklärung unter dem umgefallenen Buch hervor, das offenbar der Wind umgeworfen hatte, machte schnell noch eine Kopie und steckte das Formular in einen Umschlag.

Dabei übersah er die sterblichen Überreste Blackys, dessen zwetschgenkuchenblauer Leichnam so unglücklich auf dem Formular platziert war, dass die Summe mit den addierten Gesamtzahlen der im Steuerjahr getätigten Einnahmen teilweise unleserlich geworden war. Eine dem Winzer nicht vorwerfbare Pietätlosigkeit, da Altenkofer in seiner Atemlosigkeit Blackys Überreste gar nicht bemerkte.

30 Minuten später lag der Umschlag im Briefkasten des Finanzamtes und landete, in der für Behörden eigenen, zwar

feinen, aber eher getragenen Mühlenmotorik, drei Tage später auf dem Schreibtisch des Sachbearbeiters.

Dieser fleißige Staatsdiener, übrigens Mitglied im „Club dynamischer Steuerbeamter“, war auf Altenkofer ausgesprochen schlecht zu sprechen, weil der besagte Winzer mit seinen bürokratischen Verpflichtungen als Steuerbürger regelmäßig im Rückstand war. Ein Umstand, der den Beamten alles, was Altenkofer in seine Steuererklärungen schrieb, mit besonderer strenger beamtlicher Pflichterfüllung prüfen ließ. Wie von ihm nicht anders erwartet, war die Steuererklärung Altenkofers schon auf dem ersten Blick zu bemängeln. Eine Woche später erhielt Steuerbürger Altenkofer einen amtlichen Brief des Sachbearbeiters:

Sehr geehrter Herr Altenkofer,
Ihre verspätet vorgelegte Steuererklärung für das vergangene Steuerjahr habe ich zur Bearbeitung erhalten. Leider ist es mir nicht möglich, die Gesamtzahl ihrer Reineinnahmen zu überprüfen, da diese Zahl von Ihnen mittels eines Tintenkleckses oder dergleichen unlesbar gemacht wurde. Es ist für das Finanzamt leider nicht möglich, festzustellen, ob der Punkt, der die Tausenderunterteilung bei der von Ihnen angegebenen Zahl 6 mit fünf Nullen nach der ersten oder nach der zweiten Null einzusetzen ist. Außerdem ist nicht ersichtlich, ob sich hinter dem Fleck nicht noch eine Ziffer, etwa eine Null, befindet. Im ersten Fall würden die Einnahmen 60.000 Euro betragen, im anderen Falle 600.000 Euro. Ich muss Sie ebenso höflich wie dringend ersuchen, binnen einer Frist von einer Woche

eine ordnungsgemäß ausgefüllte Steuererklärung vorzulegen, widrigenfalls ich eine Steuerschätzung vornehmen und Ihre Einnahmen auf 600.000 Euro festsetzen werde.

Mit freundlichen Grüßen

Dieses Schreiben ist maschinell gefertigt und daher ohne Unterschrift gültig.

Als Altenkofer das Schreiben las, stieg ihm gewaltig der Kamm. Er war sowieso der Meinung, dass sich Weinanbau und Finanzbürokratie so zueinander verhielten, wie Korinthen zu Kacker oder Sessel zu Pupser. Für ihn war klar, dass hinter dieser kleinkarierten Beanstandung die schikanöse geistige Blähung des ihm hinlänglich bekannten Staatsdieners im Finanzamt steckte, mit dem er sich schon seit Jahren herumärgern musste. Er wunderte sich aber nicht wirklich, denn der Mann stammte aus Oberbayern und war notorischer Biertrinker. Das hatte er einmal herausgefunden, als er ihm vor ein paar Jahren ein paar gute Bocksbeutel vorbei bringen wollte, als kleine Entschuldigung für seine Unzulänglichkeiten. Selbstverständlich hatte der Typ kategorisch abgelehnt und unverschämterweise von einem Bestechungsversuch gesprochen.

Wenn sich ein Unterfranke so missverstanden fühlt, noch dazu von einem quasi Ausländer, kann er ziemlich stur werden.

Altenkofer holte die Kopie hervor, die er sich von dem ausgefüllten Formular gefertigt hatte. Mit gerunzelter Stirne betrachtete er den Fleck auf dem Papier. Tatsächlich waren die Zahlen in der vom Finanzamt beschriebenen Weise undeutlich leserlich. Mit etwas gutem Willen hätte der Sachbearbeiter aber durch einfache Addition oder Subtraktion der Gesamtaufstellung die richtige Zahl ermitteln können. Altenkofer, wie bereits gesagt, ein Freund jeglicher Art von Bürokratie, griff verärgert zum Computer und verfasste folgendes Antwortschreiben, dessen sarkastischer Grundton natürlich völlig ungewollt war:

Sehr geehrtes Finanzamt,
zu Ihrem Schreiben gebe ich folgende Erklärung ab: Selbst für einen Blinden wäre ersichtlich, dass es sich bei dem Fleck auf dem Formular nicht um einen Tintenklecks, sondern um einen sogenannten „Muckeschiss" handelt, dessen Verursacher, wie schon der Wortsinn besagt, ich beim besten Willen nicht sein kann. Die richtige Summe meiner Einnahmen dürfte sich rechnerisch im Rahmen von einfacher Addition und Subtraktion selbst von Ihnen leicht ermitteln lassen.

Mit freundlichen Grüßen
Ohne Unterschrift gültig.

Der Sachbearbeiter im Finanzamt gedachte nun aufgrund der Renitenz des Winzers gegen die Obrigkeit, diesem die bürokratischen Muskeln zu zeigen und erstellte in stundenlanger Feinarbeit folgendes rhetorisch denkwürdige Dokument:

Sehr geehrter Steuerpflichtiger,
nehmen Sie bitte zur Kenntnis, dass es sich bei der Abgabe einer Einkommensteuererklärung um eine gesetzliche Verpflichtung des Steuerbürgers handelt, der er fristgemäß und in einwandfreier, gut leserlicher Form nachzukommen hat. Diese Frist haben Sie bereits weit überschritten.

Bei dem von Ihnen erwähnten „Muckeschiss", um ihre derbe Sprache zu benützen, handelt es sich nach feinmikroskopischen Untersuchungen durch unsere Steuerfahndungs-Abteilung, die ich habe vornehmen lassen, keineswegs um Insektenexkremente, wie sie mich glauben lassen wollen, sondern um die gepressten Leichenteile einer Stubenfliege. Offenbar wollen Sie mit dem Wortgebrauch „Muckeschiss" der Steuerbehörde suggerieren, bei der Verschmutzung handele es sich um eine, von einem solchen Insekt willentlich an dieser Stelle des Papiers hinterlassene Körperausscheidung. Was alleine bei der Betrachtung der Größe der Verschmutzung unmöglich erscheint, da die Exkremente einer einzelnen Stubenfliege kaum in der Lage sein dürften, eine Fläche von dieser Größe abzudecken. Zu meiner sicheren Überzeugung handelt es sich also nicht um Fliegendreck, sondern im weitesten Sinne um eine Tierleiche.

Da es der allgemeinen Lebenserfahrung bisher verschlossen geblieben ist, dass Insekten, in diesem Fall Stubenfliegen, sich freiwillig zu einem bis zur Unkenntlichkeit deformierten Leichnam zerquetschen lassen, muss es als sicher angesehen werden, dass hier massive Gewalteinwirkung, vermutlich Ihrerseits, Ursache für den Tod dieser Stubenfliege ist. Suizidäre Neigungen bei Stubenfliegen sind nach meinen Recherchen ebenfalls wissenschaftlich bisher nicht beschrieben worden. Der Unterzeichner vermutet, dass Sie vorsätzlich die Arbeit der Steuerbehörde behindern wollten, indem Sie mittels eines flachen Gegenstandes eine harmlose Stubenfliege in eben jenen Zustand versetzt haben, den Sie so fäkalsprachlich als „Muckeschiss" bezeichnen.

Was Ihre Aussage betrifft, das Finanzamt könne die richtige Summe Ihrer Einnahmen durch Aufaddierung der Einzelzahlen ermitteln, ist dies zwar grundsätzlich richtig, faktisch aber aufgrund der von Einsparungsmaßnahmen betroffenen Taschenrechner und der nachfolgenden Umstellung der gesamten Steuerberechnung auf EDV nicht mehr möglich. Es kann nicht Aufgabe eines hochqualifizierten Sachbearbeiters sein, mühsame Kopfberechnungen durchzuführen.

Außerdem stelle ich fest, dass der noch sichtbare Teil der mit insektischen Leichenteilen teilweise überdeckten Gesamtzahl, mehrere arabische Zahlendarstellungsmöglichkeiten umfasst. So hat die Zahl 6 ähnliche Rundungen im unteren Bereich ihrer üblichen handschriftlichen Darstellungsform wie die 8. Dies würde mir durchaus die Möglichkeit eröffnen, Ihre geschätzte Einkommenssumme auch auf 800.000 Euro festzusetzen. Wovon ich aber zu Ihren Gunsten abgesehen habe. Sie erhalten eine letzte Frist von drei Tagen, um diese Unzulänglichkeiten durch die Vorlage einer ordnungsgemäßen Einkommensteuererklärung zu beseitigen. Zu meiner Entlastung schicke ich Ihnen die eingereichte Steuererklärung zurück.

Hochachtungsvoll

Finanzamt – Ohne Unterschrift gültig.

Wutentbrannt nahm Altenkofer seinen Kugelschreiber und schrieb die Zahl 6 nochmals neben die teilweise unleserliche ursprüngliche Zahl und warf die Steuererklärung wieder kommentarlos in den Briefkasten des Finanzamtes.

Bekanntermaßen sind die Mächte, die unsere Geschicke lenken, launisch und unberechenbar. Durch die reibende Bewegung im Briefkuvert löste sich der festgeklebte Leichnam der Stubenfliege Blacky vom Papier und ließ die ursprünglichen Zahlen wieder sichtbar werden. Als der Sachbearbeiter im Finanzamt das Ergebnis der Altenkoferschen Verbesserungsbemühungen begutachtete, runzelte er erbost die Stirne. Irgendwann hatte auch die Geduld des bürgerfreundlichsten Beamten einmal ein Ende. Erneut schrieb er einen Brief:

Sehr geehrter Empfänger,

die nunmehr von Ihnen vorgelegte, angeblich verbesserte Steuererklärung habe ich erhalten. Zu meiner Verwunderung musste ich zur Kenntnis nehmen, dass Sie nunmehr angeben, im vergangenen Steuerjahr 6.600.000 Euro Einnahmen gehabt zu haben. Diese Gesamtzahl wird allerdings in keiner Weise von Ihren eingegebenen Einzelsummen abdeckt, wie ich rechnerisch ermittelt habe. Das kann so nicht hingenommen werden. Es liegt hier der ernste Verdacht vor, dass Sie durch derartige Manipulationen Ihre tatsächlichen Einnahmen verschleiern wollen. Deshalb habe ich den Vorgang nun der Steuerfahndungsabteilung unseres Hauses zugeleitet, die die weiteren Schritte gegen Sie einleiten wird.

Hochachtungsvoll

Finanzamt – Ohne Unterschrift gültig.

Drama 3. Teil und Epilog

Dieses überaus schwierige und richtungsweisende Steuerstrafverfahren ist mittlerweile beim Bundesfinanzhof anhängig. Die Erledigung des Verfahrens verzögerte sich allerdings. Durch einen dummen Zufall hatte der zuständige Richter, als er wegen einer Besprechung sein Büro verlassen musste, die Akten offen auf seinem Schreibtisch liegen lassen. Aufgeschlagen war ein wesentlicher Schriftsatz des zuständigen Finanzamtes – Steuerfahndung –, in dem das Zahlmaterial noch einmal zusammengestellt war.

Der Richter hatte von seiner Gattin für die Mittagspause ein großes Stück Blaubeerkuchen mitbekommen, das auf einem Teller auf dem Schreibtisch stand.

Kaum war der Richter aus dem Büro, als sich eine dicke

Fliege, die durch das offene Fenster den Duft des Kuchens gerochen hatte, hereingeflogen kam und sich auf dem Blaubeerstück niederließ. Nachdem sie geschmaust hatte, ließ sie sich auf den Akten nieder, um sich zu putzen. Ein kurzer heftiger Windstoß, der durch das geöffnete Fenster hereinkam, ließ ein dickes Gesetzbuch zur Seite fallen, das tragischerweise die Fliege traf und zerquetschte. Hierbei wurde die, wie einige Zeit später von dem Richter in einem Vermerk festgestellt wurde, im Schreiben enthaltene Zahlenaufstellung der angeblich von dem angeklagten Winzer hinterzogenen Steuer durch den Leichnam der Fliege bis zur Unlesbarkeit überdeckt, so dass eine schnelle Klarstellung notwendig wurde, allenfalls das Verfahren wegen Verjährung einzustellen sei …

„Das willst du uns aber jetzt nicht wirklich als Tatsache verkaufen", rief Ron Schneider und schüttelte den Kopf.

„Glaub es oder lass es", gab Rottmann lachend zurück. „Du als ehemaliger Anwalt weißt doch am besten, wie umständlich unsere Finanzbehörden manchmal sind. Da ist der gute Winzer halt an einen ganz gründlichen Beamten gekommen. Die anderen winkten nur lachend ab. Gelegentlich neigte ihr Stammtischbruder Rottmann zu kleinen Übertreibungen.

Weinkeller Juliusspital Weingut

Das auf den Gründer Fürstbischof Julius Echter von Mespelbrunn zurückzuführende Weingut Juliusspital besitzt einen modernen Weinkeller, der aber, anders als bei den übrigen großen Weingütern in Würzburg, für den Publikumsverkehr nicht ganz so offen erschlossen ist. Deshalb ist es den Schoppenfetzern eine ganz besondere Freude, dass sie immer wieder zu besonderen Weinverkostungen dorthin eingeladen werden, um ihre Sachkunde und ihre feinen Gaumen unter Beweis zu stellen.

Bei einer dieser Weinproben kamen die Stammtischbrüder irgendwie auf das Thema Mystik und Geisterglaube zu sprechen. Einige der Herren waren der Meinung, dass in den unterfränkischen Dörfern der Aberglaube in der Bevölkerung durchaus noch seinen festen Platz habe. Es gab einen ziemlichen Stimmenwirrwarr, bis Horst Ritter sich durchsetzte und meinte: „Ihr könnt sagen, was ihr wollt, die Mainfranken sind wirklich abergläubig. Da hab ich eine Geschichte erzählt bekommen, die ihr mir sicher nicht abnehmen werdet, aber ich erzähl sie euch trotzdem …“

Der Seelenwanderer

Der Tag, an dem Winfried Halbleib aus dem Weinort Retzstadt sein Jagdgewehr für immer in die Ecke stellte und ganz still verstarb, war ein Freitag. Die Nachricht vom Tod des Keiler-Winni, wie er im ganzen Dorf wegen seiner ausgeprägten Jagdpassion auf Schwarzwild immer genannt wurde, löste unter den Jagdkameraden und vielen Bürgern von Retzstadt Trauer, aber auch einen ehrfürchtigen Schauer aus. Hatte der Winni seinen Tod doch gewissermaßen vorhergesagt. Nicht gerade das genaue Datum, aber er hatte schon lange verkündet, dass er gerne an einem Neumond in die ewigen Jagdgründe gehen würde, um nicht das Gefühl haben zu müssen, er hätte wegen seines Ablebens einen möglichen Schwarzwildansitz bei Vollmond verpasst. So war er halt, der Winni, ein Saujäger, wie er im Buche stand. Trotz seiner dreiundsiebzig Lenze führte er am Tag seines Ablebens die Abschussstatistik von Retzstadt konkurrenzlos an.

Jetzt könnte man sagen, dass der Winni nicht gerade uralt geworden war. Aber das musste man so sehen: Winni hatte im Leben bestimmt nichts ausgelassen und war bis zum letzten Tag fit gewesen. Der Doktor hatte an ihm nicht viel verdient. Auch die Art und Weise seines Todes führte unter den Jagdkameraden zu Diskussionen. Immer hatte Winni grinsend verkündet, dass er gerne auf der Saujagd – oder im Bett neben einem hübschen Mädchen verbleichen würde. Dazu muss man wissen, dass der Winni lebenslänglich ungebunden und zu keiner Zeit ein Kostverächter gewesen war. Unter den Waidgenossen hielt sich hartnäckig das Gerücht, dem Winni niemals widersprochen hatte, dass er in seiner Jugend ein ziemlich schlimmer Finger gewesen sein musste, der die Herzen weiblicher Wesen in Retzstadt und den umgebenden Dörfern in Serie gebrochen hatte. Angeblich sollte jedes „Schmalreh", das nicht bei drei auf einem Baum saß, „fällig" gewesen sein. Ein durchaus glaubwürdiges Indiz für die Wirkung seiner maskulinen Ausstrahlung war die Tatsache, dass Winni trotz seines Alters eine mehr als zwanzig Jahre jüngere Freundin an sich fesseln konnte. Die Rita war es dann auch, die den noch post mortem verschmitzt grinsenden Winni leblos neben sich in ihrem Bett vorgefunden hatte. Da Ritas Haus nur wenige Meter vom Jagdrevier entfernt lag, hatte Winni bei ihr übernachtet, um am nächsten Morgen gleich von hier aus auf die Pirsch zu gehen.

Auf dem Totenschein stand Herzversagen, so dass der Winfried Halbleib drei Tage später mit allen jagdlichen Ehren auf dem Friedhof von Retzstadt beigesetzt werden konnte.

Sein Jagdkamerad und Notar, Otto Hitzmann, hatte das bei ihm hinterlegte Testament des Verstorbenen kurz eingesehen, weil er wusste, dass der letzte Wille bestimmte

Verfügungen bezüglich des Beerdigungsrituals enthielt. Auch hierin manifestierte sich die eigenwillige Persönlichkeit Winfried Halbleibs. Von den Jagdhornbläsern bis zu den Grabbeigaben hatte Winni alles genau geregelt. So bettete man ihn wunschgemäß im Sarg auf der Sauschwarte seines stärksten Keilers, kleidete ihn in seine alten Jagdklamotten und legte ihm seinen abgewetzten Jagdhut neben das Haupt. Einige rechtliche Probleme bereitete seine Anordnung, ihm seine alte Donnerbüchse mit ins Grab zu geben. Schließlich entschied die Ordnungsbehörde, dass man aus waffenrechtlichen Gründen einen Kompromiss anstreben musste. Thomas Geiger, Jagdfreund und Büchsenmachermeister, arbeitete die Büchse in eine unscharfe Dekowaffe um. Die Jägerschaft war sich darin einig, dass dort, wo der Winni jetzt schon war oder irgendwann hinkam, sicher die technischen Möglichkeiten gegeben waren, die alte Sauwumme wieder scharf zu machen. In der Nacht vor der Beerdigung brachten die Jagdfreunde die Waffe schließlich ins Leichenhaus und packten sie neben Winni in den Sarg. Der Leichenbestatter bekam ein ordentliches Trinkgeld, damit er den Mund hielt und verschloss anschließend den Sargdeckel dauerhaft.

Die Beerdigung am nächsten Tag war erwartungsgemäß gut besucht. Der Winni war, wie gesagt, zeitlebens auf jeder Jagd in der Umgebung und daher bekannt und beliebt gewesen.

Beim anschließenden Leichenschmaus waren selbstverständlich auch die ehemaligen Jagdkameraden vertreten und brachten mehrere herzhafte Trinksprüche auf den alten Saujäger aus. Anordnungsgemäß gab es Kulinarisches nur vom Schwarzwild, selbst der Schnaps war schwarz gebrannt. Nur die Schoppen stammten aus Weinbergen vom Langenberg, seinem bevorzugten Jagdgebiet.

Nach dem Ende der Feier hielt Notar Hitzmann die Jäger noch zurück. Plötzlich setzte er seine Amtsmiene auf und zog einen verschlossenen Umschlag aus seiner Jackentasche.

„Herrschaften. Wie ihr wisst, hat mich der Winni zu seinem Testamentsvollstrecker eingesetzt. Er hat mich, neben der Ausrichtung des Begräbnisses, damit beauftragt, diesen Brief, den er mir vor einigen Wochen ins Notariat gebracht hat, am Ende seiner Leichenfeier uns Jägern vorzulesen. Winni muss seinen baldigen Tod geahnt haben."

Die Jäger sahen sich betroffen an. Der Winni war wirklich ein besonderer Mensch gewesen.

Der Notar holte etwas umständlich seine Lesebrille aus der Jackentasche, dann schlitzte er das Kuvert mit seinem Jagdmesser auf und zog ein handschriftlich beschriebenes Blatt hervor. Alle schwiegen ehrfürchtig, um die letzten Worte des Jägers Winni auch mit dem nötigen Ernst und Respekt aufzunehmen. Hitzmann räusperte sich, dann begann er zu lesen:

Liebe Jagdkameraden,
wenn euch Otto diesen Brief vorliest, jage ich bereits in den ewigen Jagdgründen – wenigstens hoffe ich das. Einigen von euch habe ich mal erzählt, dass ich in meinen jungen Jahren

einige Zeit in Indien gelebt habe. Seitdem habe ich mir Gedanken über die Seelenwanderung gemacht und mir immer vorgestellt, wie es sein würde, nach meinem menschlichen Erdendasein für einige Zeit in ein anderes Lebewesen zu schlüpfen. Sicher wird es keinen von euch verwundern, dass ich dabei an einen starken Keiler gedacht habe. Ich wollte schon immer mal so eine ordentliche Rauschzeit mitmachen. Sicher könnt ihr verstehen, was ich meine …

Den Jägern lief bei diesen Worten ein kalter Schauer über den Rücken. Sie hätten schwören können, dass in diesem Augenblick das typische, kichernde Lachen ihres Jagdfreundes den Raum erfüllte. Der Notar räusperte sich erneut die Stimmbänder frei, dann fuhr er fort:

Ich habe mir dafür für alle Fälle schon mal vor Jahren einen vielversprechenden Keiler ausgeschaut, den ich deshalb nicht geschossen habe. Er hat seinen Einstand in der großen Buchenkultur an der Schwemmsuhle und dürfte heute, an dem Tag, an dem ich diesen Brief geschrieben habe, so ungefähr acht Jahre alt sein. Man erkennt ihn gut an einem abgekämpften Hauer. Also schreibt es euch hinter die Lauscher: Wer auf diesen Burschen schießt, bekommt Ärger aus dem Jenseits! – Jetzt wünsche ich euch allzeit Waidmannsheil und mir eine gute Zeit, Euer Winni.

In der Runde herrschte fast ehrfurchtvolles Schweigen. Das war typisch Winni. Keiner zweifelte auch nur eine Sekunde daran, dass der verstorbene Jäger seine geplante Reinkarnation in die Tat umsetzen würde. Nach einer kurzen

Besprechung waren sich die Jäger darin einig, alle jagdlichen Einrichtungen rund um die Schwemmsuhle zunächst für zwei Jahre für die Jagd zu sperren. Diese Ruhezone waren sie dem Winni einfach schuldig.

Im Laufe der nächsten Jahre traten die Ereignisse rund um das Ableben des Keiler-Winni immer mehr in den Hintergrund. Die jagdfreie Zone des Gebiets um die Schwemmsuhle wurde zur Gewohnheit. Hin und wieder bestätigten die Jäger in dem Gebiet die Abdrücke eines enorm kapitalen Keilers, der aber so heimlich war, dass ihn keiner zu Gesicht bekam. In der Rauschzeit allerdings war der Basse im ganzen Gebiet auf den Läufen. Typisch Winni!

Es war ein kalter Dezembertag, etwa drei Jahre nach Winnis Tod. In den Wäldern war die Rauschzeit des Schwarzwildes in vollem Gange. Rita, Winnis ehemalige Freundin, war längere Zeit solo geblieben, obwohl es schon bald an männlichen Interessenten an ihrer Person nicht mangelte. Besonders Notar Hitzmann engagierte sich heftig bei ihr und strebte nach Erhörung. An eben diesem Dezembertag entschloss sich Rita, ihre Zurückhaltung aufzugeben und lud Hitzmann zu einem romantischen Abendessen mit allem Drum und Dran ein. Möglicherweise ging die Vorstellung, was mit „mit allem Drum und Dran“ gemeint war, bei beiden zu Beginn des Essens etwas auseinander. Am späten Abend tat allerdings Hitzmanns stärkstes Argument, ein schwerer Spätburgunder, seine Wirkung und ließ die Mauern der guten Rita wankend werden. Als es sich die beiden gerade auf der Couch etwas bequemer gemacht hatten und Hitzmann seine Finger über Ritas ausgeprägte Körperlandschaft spielen lassen wollte, splitterte plötzlich die Terrassentür mit einem lauten Knall. Mit lauten Schreien fuhren die beiden auseinander.

Im ersten Augenblick glaubten sie, der Teufel wäre ihnen persönlich erschienen. Mitten im Zimmer stand ein gewaltiger Keiler, wetzte schäumend seine beeindruckenden Hauer und blies bösartig. Ehe sich die beiden versahen, rammte er seine Waffen in einen Sessel und zerfetzte das Möbelstück nach allen Regeln der Kunst.

Plötzlich blieb der Keiler vor Rita und Hitzmann stehen, starrte die beiden einige Zeit, die ihnen wie eine Ewigkeit vorkam, aus seinen kleinen Augen an, dann drehte er sich ruckartig um und war durch die zerborstene Terrassentüre ebenso schnell verschwunden, wie er gekommen war.

Es bedarf wohl keiner besonderen Erwähnung, dass das Schäferstündchen beendet war und auch in der Zukunft von beiden Teilen keine Aktivitäten mehr in diese Richtung angestrebt wurden. Obwohl die beiden Stillschweigen vereinbart hatten, sickerte das Ereignis durch und machte die Runde. Die Jäger von Retzstadt waren sich darin einig, dass der Keiler-Winni mit dieser Aktion seiner Seelenwanderung die Krone aufgesetzt hatte.

Eines Tages verschwanden die Trittsiegel des kapitalen Keilers aus dem Revier. Erlegt wurde er nicht, das hätte sich rumgesprochen. Er verschwand ebenso plötzlich, wie er aufgetaucht war. Vielleicht war er ausgewandert oder hatte in einer dunklen Dickung seinen letzten Atemzug getan.

Vielleicht hatte der Winni zwischenzeitlich auch die Rauschzeiten genug ausgekostet und wollte sich wieder der ewigen Jagd widmen. Bei Winni musste man immer mit allem rechnen.

Für diese Vermutung sprach auch die Tatsache, dass zwischenzeitlich Thomas Geiger, der alte Büchsenmachermeister, der Winnis Gewehr bei dessen Beerdigung manipuliert hatte, ebenfalls verstorben war. Vielleicht hatte der Winni nur auf ihn gewartet, dass er ihm seine Sauwumme wieder scharf machte?

Die Herren Schoppenfetzer zogen zweifelnde Gesichter. Ihre Geistergläubigkeit hielt sich sehr in Grenzen. Erich Rottmann zuckte mit den Schultern. „Ich habe da vor vielen Jahren durch Zufall eine Geschichte mitbekommen, die bei uns im Polizeipräsidium erzählt wurde. Es gab da eine ganz spezielle Verhaftung, die ein Feldhüter in Thüngersheim durchgeführt hat. Wir haben damals ziemlich darüber gelacht. Der Fall liegt schon einige Jahrzehnte zurück, deshalb kann man darüber sprechen. Damals geriet ein honoriger Thüngersheimer Bürger in erhebliche Schwierigkeiten …"

Die Verhaftung

In den guten alten Zeiten gab es die Regel, dass zur Reifezeit der Weintrauben bis zur Ernte das Betreten der Weinberge durch eine sogenannte Weinbergssperre geregelt wurde. Man wollte damit verhindern, dass sich langfingrige Traubenenthusiasten an dem wertvollen Gut gütlich taten. Dies war auch die Zeit der Feldhüter. Meistens Rentner, die von den Weinbaugemeinden während der kritischen Monate für die Bewachung der Weinberge befristet angestellt wurden. Ihre Hauptaufgabe bestand allerdings darin, mittels Abfeuern von Böllern den Starenfraß zu verhindern. Diese Vögel fielen regelmäßig in großen Schwärmen in die Weinberge ein und ließen die Weinstöcke gehörig zur Ader.

Ein solcher Feldhüter war der Zeitlers Michel aus Thüngersheim, einem bekannten Weinort am Main. Lästerliche Zungen behaupteten, der Michel bräuchte gar keinen Starenböller abzufeuern, weil er selbst so ein erschreckendes Äußeres habe, dass die gefiederten Weinbergsplünderer von alleine abhauen würden. Tatsache war, dass der Michel eine wirklich einmalige Erscheinung war. Stets traf man ihn mit seinem alten Drahtesel an. Ein Produkt aus Kriegszeiten, dessen gusseiserner Rahmen kein Problem mit dem stattlichen Körpergewicht Michels hatte. Gekleidet war er wie eine Vogelscheuche, anders konnte man es nicht sagen. Seine „Dienstbekleidung“ bestand aus ausgesonderten Sachen aus den Haushalten seiner Nachbarn, die ihm diese gerne überließen. Ein dichter Vollbart verdeckte sein Gesicht, der sichtbare Rest war faltig und wettergegerbt. Seine listigen Augen blickten durch zwei schmale, faltenumrahmte Schlitze spitzbübisch in die Welt. Barhäuptig war er selten zu sehen. Immer trug er einen alten Filzhut, der auch schon bessere Zeiten gesehen hatte, aber durch Dreck und Speck absolut wasserdicht war. Am Fahrradlenker hatte er eine alte Aktentasche hängen, in der er seine Brotzeit und die Munition für seinen Böller mit sich führte. Letzterer eine gewaltige Kanone, die auch schon viele Jahrzehnte auf dem Lauf hatte. Trotzdem funktionierte sie noch einwandfrei und jeder im Dorf konnte hören, wenn der Michel wieder einmal als Starenschreck arbeitete.

Im Grunde seines Herzens war Michel Zeitler ein gutmütiger Bursche, der es mit dem Amt nicht so genau nahm. Wenn der eine oder andere Wanderer sich mal einen Träubel pflückte oder die Kinder in die Weinberge einbrachen, um sich an den süßen Trauben gütlich zu tun, knurrte er zwar fürchterlich herum, angezeigt hatte er aber bis jetzt noch nie jemand. Dazu war der Michel viel zu bequem.

Die Zeit der Weinlese war gekommen und überall in den Weinbergen waren fleißige Hände dabei, die Ernte einzubringen. Obwohl es jetzt eigentlich keine Vögel mehr zu verjagen gab, war das für den Michel die hohe Zeit. Regelmäßig drehte er jetzt seine Runden über die Weinbergswege, quatschte mit diesem und tratschte mit jenem. Dabei war es natürlich bloßer Zufall und keineswegs von ihm beabsichtigt, dass er bei diesen Gelegenheiten von den Winzern zur Brotzeit und zum Schoppen eingeladen wurde. Einladungen, die er natürlich nicht ablehnen konnte, schließlich wollte er die Weinbauern nicht beleidigen.

Es war einer jener anstrengenden Tage, an denen Michel mehrere Anlaufstellen besucht hatte, um dort „nach dem Rechten" zu sehen. Fast an jedem Weinberg hatte er Wein und Brotzeit angeboten bekommen und natürlich nichts ausgeschlagen. Obwohl er dabei kräftig gegessen hatte, war er am frühen Abend doch ziemlich angeschlagen und hatte sich zu einer längeren Rast auf einer der Weinbergsbänke hoch über dem Maintal niedergelassen, um sich zu erholen. Dabei legte er sich schon nach kurzer Zeit um, schob sich die Aktentasche unter den Kopf und machte es sich bequem. Es dauerte keine Minute, dann war er eingeschlafen.

Michels Erwachen war schmerzlich geprägt von einem eingeschlafenen Arm und einem ausgesprochen unangenehmen Geschmack im Mund. Brummelnd erhob sich der Alte von seiner luftigen Liegestatt und starrte für einen Augenblick etwas bedeppert in die Landschaft. Mittlerweile war die Dämmerung weit fortgeschritten.

„Etzt awwer nix wie hemm!", brummelte Michel in seinen Bart und erhob sich blasend. Dass ihm nicht alle Knochen im Leib schmerzten, sprach für seine widerstandsfähige körperliche Konstitution. Er sammelte gemächlich seine Utensilien zusammen, dann schnappte er sich sein Rad und trampelte langsam los.

Er hatte bereits eine Strecke zurückgelegt, als er seinen Blick über den vor ihm liegenden Weinbergshang schweifen ließ. Schlagartig betätigte er die Rücktrittbremse und kam zum Stehen. Einen Wengertsweg tiefer war zwischen dem Laub der Rebstöcke der huschende Strahl einer Taschenlampe zu erkennen.

„Was isn da los?", brummelte Michel und erinnerte sich seiner Pflichten als Feldhüter. Es war üblich, dass die Winzer die Sitzgarnituren, die sie benötigten, um ihre Lesehelfer in den Pausen zu verköstigen, über Nacht auf den Wegen stehen ließen. Dort unten lag der Weinberg von Reinhold Träger. Der hatte heute Nachmittag, großzügig, wie er war, den örtlichen Altenclub zu Gast gehabt. Die älteren Herrschaften hatten reichlich vom Wein genossen – und Michel hatte sie tatkräftig dabei unterstützt. Da dem Feldhüter bekannt war, dass manches lichtscheue Gelichter einfach alles brauchen konnte, entschloss sich Michel, seines Amtes zu walten. Er lehnte sein Rad gegen einen Weinbergspfahl, dann schnappte er sich sicherheitshalber seinen Böller und machte sich auf den Weg hinunter durch eine der steilen Rebenzeilen zum vermeintlichen Tatort.

Bevor Michel aus dem Weinlaub hervortrat, peilte er noch einmal die Lage. Seine Augen hatten sich mittlerweile an die Dämmerung gewöhnt und er konnte ausgezeichnet sehen. Da kroch tatsächlich eine Gestalt zwischen den dort abgestellten Sitzgarnituren herum. Wusste der Teufel, was der Kerl im diese Zeit dort suchte. Jedenfalls war das einer, der offenbar das Tageslicht scheute!

„Halt! Wer da!“, brüllte Michel übertrieben laut und machte einen Satz auf den Weg. Demonstrativ hielt er den dicken Lauf des Böllers sichtbar vor der Brust. Dann stürmte er los.

Die Gestalt vor ihm riss es regelrecht zusammen, dann drehte sich der Finsterling um und wollte flüchten. Da hatte er aber die Rechnung ohne Michel gemacht. Trotz seiner hundertsechs Kilo Lebendgewicht legte der Feldhüter einen Spurt hin, der sich gewaschen hatte.

„Blei stehn, du Strolch!“, kommandierte er atemlos, was den Flüchtigen aber gar nicht beeindruckte. Schließlich bekam Michel ihn an einem Zipfel seiner Jacke zu fassen und ließ nicht mehr los. „Hab i di!“, verkündete er triumphierend und bremste ab.

„Wasss sssoll dasss!“, entgegnete der Mann mit seltsam zischenden Lauten. „Lasssen sssie mich losss!“

„Da hast du dich aber gschnitte!“, gab Michel kurzatmig zurück und nahm den sich windenden Mann vorsichtshalber in den Schwitzkasten. „Dir helf ich, nachts im Wengert rumkriech. Du bleibst jetzt da und ich hol die Polizei!“

Als der Mann wieder protestieren wollte, drückte Michel mit einem deftigen „Halt dei Maul!“, seinen Arm zusammen und beendete mittels Drosselung der Luftzufuhr jede Diskussion. Auf diese Weise schleppte er den Festgenommenen zu einem nahe stehenden Weinbergshäuschen, das, wie

Michel wusste, zwar nicht abgeschlossen, aber mit einem Riegel von außen verschlossen werden konnte. Er gab seinem Gefangenen einen heftigen Stoß und beförderte ihn so in das finstere Verlies. Der Riegel schlug hart in sein Widerlager.

Aus dem Inneren des Häuschens kam heftiger Protest, der mehr an das Zischen einer aufgebrachten Schlange erinnerte als an menschliche Laute. Michel ignorierte das. Er schnappte sich sein Fahrrad und radelte die Weinbergsserpentinen hinunter ins Dorf. Beim Wirt, der als einziger eine öffentliche Telefonzelle betrieb, rief er die Polizei.

Die Ordnungshüter kamen ungefähr eine Stunde später angefahren. Michel schilderte kurz den Vorfall, dann setzte er sich mit ins Einsatzfahrzeug und lenkte die Beamten zum Weinbergshaus.

„Passt awwer uff, der Kerl ist renitent", warnte er noch, dann schlug er den Riegel zurück.

Von Widerborstigkeit war nichts mehr zu spüren. Der Festgenommene saß wie ein Häuflein Elend auf einem schmutzigen Stuhl mitten in dem einzigen Raum der Hütte und blinzelte in das grelle Licht der Taschenlampen der Polizisten.

Der Fall wurde an Ort und Stelle aufgeklärt. Allerdings nicht ganz zur Zufriedenheit von Michel, weil dessen heroische Rolle dadurch stark ins Lächerliche abglitt. Behauptete der Kerl doch, der Pfarrer aus dem Nachbarort zu sein, der den zuständigen Priester im Urlaub vertrat. Michel war ein seltener Gast in der Kirche und daher diesbezüglich nicht ganz auf dem Laufenden. Da gab es nichts zu rütteln, der Mann konnte sich ausweisen. Auch für sein nächtliches Verhalten hatte er eine Erklärung. Er habe am Nachmittag an der Veranstaltung mit dem Altenclub teilgenommen. Beim Essen habe er diskret seine neue, gelegentlich etwas drückende Zahnprothese herausgenommen. Irgendwie sei ihm dann das Gebiss aus der Tasche gefallen und es wäre ihm peinlich gewesen, es vor all den Leuten zu suchen. Deshalb sei er noch in der Nacht heraufgekommen, um dies nachzuholen.

Langer Rede kurzer Sinn: Die Polizisten vergatterten den eifrigen Feldhüter, dem hochwürdigen Herrn bei der Suche zu helfen, wofür ihm dieser seine „Verhaftung" verzieh. Die vermissten Beißerchen wurden dann auch unter einer der Bänke, schön eingewickelt in eine Serviette, gefunden. Unversehrt.

Dank des lebendigen Vortrags von Erich Rottmann konnten sich die Herren die peinliche Situation sehr gut vorstellen. Aber Reden und Zuhören machten durstig und hungrig. Die Herren ließen sich also die Schoppen schmecken und sprachen dabei der gereichten Brotzeit, einem richtigen „Angemachten", reichlich und mit gutem Appetit zu.

Wenn sich Erich Rottmann einen „Angemachten“ zaubert, dann holt er sich einen richtig reifen, weichen Camembert. Selbstverständlich macht der Exkommissar sofort die Druckprobe. Der Käse darf, wenn er zwischen Zeigefinger und Daumen mit sanftem Druck zusammengepresst wird, zu den Rändern hin nicht aus seinem natürlichen Zusammenhalt quellen, muss aber von erkennbar weicher, geschmeidiger Konsistenz sein. Ein solcher Camembert muss sich zusammen mit einem ordentlichen Stück guter Butter mit einer Gabel schön zerdrücken lassen, bis die Masse völlig geschmeidig ist.

Auf die Zwiebeln verwendet Erich Rottmann besondere Sorgfalt, weil sie dem Käse den besonderen Geschmack verleihen. Es kommen hierbei nur solche Gewächse in Frage, die bei Neumond in der dritten Morgenstunde gepflanzt wurden, die nicht mehr als drei Schalenschichten und einen Durchmesser von ziemlich genau fünf bis sechs Zentimetern haben. Rottmann schneidet die Zwiebel mit einem extra scharfen Messer, dessen Klinge gut schneidet und das Gemüse auf keinen Fall quetscht, in feine Würfel, die eine Kantenlänge von drei Millimetern nicht überschreiten sollten.

Zwei Teelöffel süßes Paprikapulver geben Rottmanns Angemachtem die spezielle Farbe und Würze. Wichtig ist, dass alle Zutaten gründlich, also mindestens zehn Minuten, gemischt werden. Hin und wieder liebt es Erich etwas schärfer, dann peppt er den Gerupften mit einer Brise rotes Chili auf. Als Sättigungsfundament dient eine mindestens ein Zentimeter dicke Scheibe kräftigen fränkischen Bauernbrots, herausgeschnitten aus dem Zentrum eines Stollens.

Dazu gönnt sich der Exkommissar einen trockenen Silvaner oder, was auch ausgezeichnet mundet, eine strenge Domina – beide natürlich nur aus einem Bocksbeutel.

Weingut Knoll

Eine besondere Freude war es den Schoppenfetzern, als sie eine Einladung ins Weingut Knoll erhielten. Neben den drei großen Staats- und Stiftungsweingütern der Unterfrankenmetropole war das Weingut Knoll für bekennende Weingenießer ein Erlebnisbereich der ganz besonderen Art.

Der Kellermeister hatte die Herren in den modernen Holzfasskeller eingeladen, wo man ihnen eine Rotweinverkostung präsentieren wollte. Was die Herren besonders erfreute, war die Tatsache, dass zu dieser Gelegenheit einige Weinprinzessinnen der umgebenden Winzerdörfer eingeladen worden waren. Rottmann konnte beobachten, dass seine Stammtischfreunde plötzlich ein ganz anderes Verhalten an den Tag legten. Sie drückten sich wesentlich gewählter aus als sonst und zeigten auch sonst ausgesprochen gute Manieren.

Als zu fortgeschrittener Stunde die Damen die Gesellschaft verlassen hatten, wurde die Stimmung sofort viel lockerer und man unterhielt sich über das ewig aktuelle Thema der zwischenmenschlichen Beziehungen. Plötzlich meldete sich Ron Steiner zu Wort und meinte: „Ich kann mich noch gut an eine Geschichte erinnern, die ich von einem Kollegen gehört habe, der aus Himmelstadt kommt. Da ging es auch um eine Liebesgeschichte. Damals gab es wegen einer Frau zwischen zwei Mannsbildern Stress. Die Lösung des Problems war recht unterfränkisch. Hört mal zu …“

Die Liebeslaube

Wer heute in der Himmelstädter Weinlage Kelter spazieren geht, dem wird ein unscheinbares, gemauertes Weinbergshäuschen kaum auffallen, weil es in den Weinbergen der Region viele davon gibt. Dieses Exemplar war aber offenbar schon längere Zeit ungenutzt und mittlerweile wieder fast vollständig von der wuchernden Pflanzenwelt vereinnahmt worden. Wer sich die Mühe machte und genauer hinsah, entdeckte unterhalb des einzigen Fensters im Verputz einen breiten, bräunlichen Streifen. Eine schmutzige, dunkle Farbe, die sich offenbar einmal vor geraumer Zeit in den Stein des Gemäuers eingesaugt hatte.

Der unbändige biologische Vermehrungstrieb des Menschen versteckt sich ja sehr gerne hinter dem harmlos wirkenden Deckmäntelchen von Liebesgefühlen und den damit zusammenhängenden Ritualen. In der Stadt sind derartige Signale sehr viel feiner als auf dem Land. Dort werden die einschlägigen Signale wesentlich eindeutiger gezeigt, dabei ist das Spektrum der Möglichkeiten aber auch erheblich breiter gefächert. Scheunen, Ställe, Jagdstände und freie Natur bieten hier reichlich Gelegenheit, die zwischenmenschlichen Beziehungen in ihren feinsten Verästelungen stürmisch zu pflegen.

Alex Neureuther aus Himmelstadt war ein erfolgreicher Winzer, der in der Lage Kelter einige gepflegte Weinberge bewirtschaftete. Neureuther, gutes Mittelalter, war seit sieben Jahren mit der um 12 Jahre jüngeren Elsbeth verheiratet. Wie das nun einmal im verflixten siebten Jahr einer Beziehung sein kann, hatte sich der erste Sturm und Drang etwas abgeflacht und war einer soliden Beziehung, beruhend auf gemeinsamer Arbeit und vereint konsumierten Fernsehsendungen der volkstümlichen Hitparade, gewichen.

Elsbeth sah den Felix zum ersten Mal beim Zahnarzt des Dorfes. Die Elsbeth hatte ein unerfreuliches Ziehen im Backenzahn, während sich der Felix, wie er erklärte, lediglich einer Routinereinigung seiner Beißerchen unterziehen lassen wollte.

Der Elsbeth fiel schon auf, dass der ihr im Wartezimmer schräg gegenübersitzende, gut aussehende, junge Mann ihr immer wieder einmal verstohlene Blicke zuwarf. Sie war aber durch ihre Zahnschmerzen so beeinträchtigt, dass sie das einfach ignorierte.

Die zweite Begegnung fand etwa eine Woche später statt. Elsbeth holte beim Bäcker Brot und Felix frische Brötchen. Dabei rutschte Felix ein Mohnzopf aus der Packung und landete mitten in der Einkaufstasche von Elsbeth. Die beiden kamen durch ihre jeweiligen schnellen Auffangbewegungen in kurzen körperlichen Kontakt, der so flüchtig war, dass er eigentlich schnell wieder vergessen werden konnte. Zuhause ertappte Alex seine Frau allerdings dabei, wie sie gedankenverloren über eine bestimmte Stelle am Arm strich.

„Haste Schmarze?", wollte Alex wissen, der sich schon sorgte, dass seine Frau ihm heute beim Rebenhochbinden im Weinberg nicht helfen konnte. Elsbeth winkte nur ab. Sie war etwas verwirrt. Es war schon merkwürdig, dass sie immer noch die Stelle spürte, wo sie dieser Mann ganz leicht berührt hatte. Sie hatte es wie einen leichten Stromschlag empfunden.

Bei der Feier des Patroziniums von St. Jakobus, der Kirche von Himmelstadt, schlug das Schicksal zu. Alex hatte sich zusammen mit einigen anderen Winzern an einem der Tische mit einem eingeladenen Landtagsabgeordneten in ein heftiges Streitgespräch über die Vernachlässigung der unterfränkischen Winzer durch die Europäische Union festgefressen. Eines der Lieblingsthemen der Weinerzeuger. Die Tatsache, dass bereits der Tanzteil des Abends begonnen hatte, ging an den Herren restlos vorüber.

Elsbeth, die sich längere Zeit mit der Leiterin der örtlichen Frauenturngruppe unterhalten hatte, sah etwas verwundert drein, als sie der bewusste junge Mann vorsichtig antippte und sie fragte, ob sie mit ihm tanzen würde. Elsbeth zögerte kurz, dann folgte sie ihm auf die Tanzfläche. Ein Tänzchen in Ehren …, dachte sie. Er stellte sich ihr als Felix vor.

Im Laufe des Abends wurden es irgendwie mehrere Tänze und plötzlich bekam Elsbeth mit, dass sich schon einige Damen der Himmelstadter Gesellschaft aufmerksam umdrehten und sich für sie interessierten. Da Elsbeth wusste, dass diese Damen in der Gemeinde im Bereich Ratsch und Tratsch meinungsbildend waren, zog sie die Reißleine und gab Felix beim nächsten Tanz einen Korb. Stattdessen tanzte sie mit dem zweiten Bürgermeister und dem Zahnarzt. Dann setzte sie sich zu ihrem Alex an den Tisch, der ihr freundlich zunickte, ihre dauernde Abwesenheit aber gar nicht richtig registriert hatte.

Die Moralhüterinnen an den Nachbartischen beruhigten sich wieder.

Nur kurze Zeit nach diesem Ereignis stellte Elsbeth fest, dass sie dringend etwas für ihre Figur tun musste und trat spontan der Aerobicgruppe in Karscht bei. Karscht steht dialektisch für Karlstadt, die nur wenige Kilometer von Himmelstadt entfernte Kreisstadt. Alex wunderte sich zwar etwas, war er doch der Meinung, dass Elsbeth eine wirklich gute Figur hatte und im Übrigen das anstrengende Auf und Ab durch die Wengertszeilen genug Training sei, sagte aber lieber nichts. Dieser Themenbereich war ihm zu sehr mit Fallstricken behaftet.

So fuhr die Elsbeth von Stund an mindestens zweimal die Woche in die Kreisstadt, um sich fit zu halten.

Ewald Röder war ehemaliger Waldarbeiter und nun Rentner. Ein Rentner in Himmelstadt hatte ein kleines Problem: Das Dorf war weder der Himmel (auf Erden), noch eine Stadt, mit ihren vielschichtigen Beschäftigungsmöglichkeiten für seine Bevölkerungsgruppe. Deshalb war Ewald tagaus und tagein, bei Wind und Wetter und zu fast jeder Tageszeit in der Gemarkung Himmelstadt unterwegs, um sich „umzuschauen“, wie er es nannte. Klarer Fall, dass dem Alten wenig entging, was sich in Wald und Feld zutrug. Nicht immer zur Freude der Restbevölkerung.

Eines Tages kam Ewald Röder am Wengert von Alex Neureuther vorbei, als der gerade einige umgedrückte Weinbergspfähle wieder herrichtete.

„Na, Ewald“, meinte Alex, als der Rentner stehen blieb und ihm interessiert zusah, „widder unnerwegs?“ Alex war klar, dass er um ein Gespräch nicht herumkam.

Der Alte nickte grüßend, dann hob er seinen Spazierstock, den er immer bei sich führte und wies mit der Spitze vage den Berg hinauf. „Du hast doch a obe die klenne Wengertshütte?“ Das war keine Frage, sondern eine Feststellung.

„Ja“, erwiderte Alex verwundert. Was wollte der Alte? In der Hütte lagerten nur Gerätschaften für die Arbeit im Weinberg.

„Ich gläbb, da musste a mal nach m Rechte säh.“ Ewald winkte knapp, dann marschierte er in seinem üblich gemächlichen Schritt weiter.

Der Winzer sah dem Alten verwundert hinterher. So wortkarg hatte er ihn noch selten erlebt. Was meinte er damit, dass er in der Hütte nach dem Rechten sehen müsse?

Eine Stunde später hatte Alex seine Arbeit beendet. Er überlegte kurz, dann lenkte er seinen Traktor in Richtung Weinbergshäuschen. Es lag nicht weit entfernt.

Auf den ersten Blick fiel dem Winzer dort nichts Besonderes auf. Erst als er das Vorhängeschloss in Händen hielt, bemerkte er erstaunt, dass es offenbar frisch geölt worden war. Er öffnete es und trat ein.

„Donnerkeil!“, entfuhr es ihm, als er die Einrichtung der Hütte zur Kenntnis nahm. Die Gerätschaften schienen alle noch vorhanden zu sein, sie waren jedoch ordentlich zur Seite geräumt, so dass Platz für eine am Boden liegende Matratze geschaffen war. Auf ihr lagen mehrere Decken, rundherum standen Kerzen in den verschiedensten Abbrennstadien. In der Ecke sah er eine halbleere Rotweinflasche. Spätburgunder aus seinem Keller, stellte er beiläufig fest. Vor dem Fenster hing ein Vorhang. So etwas hatte es hier noch nie gegeben.

Für Alex Neureuther war schnell klar, dass er es hier eindeutig mit einem Liebesnest zu tun hatte.

„Solche Schlawiner“, brummelte er in seinen nicht vorhandenen Bart. Wirklich verärgert war er aber nicht. Auch in seiner Jugend hatte man für Zwischenmenschliches Weinbergshäuschen genutzt. Er nahm sich vor, sich bei Gelegenheit abends öfters mal hier umzusehen.

Als Elsbeth zwei Tage später wieder einmal unterwegs war, um ihre Aerobicfigur zu pflegen, fuhr Alex mit dem Fahrrad in den Wengert, um sein Vorhaben in die Tat umzusetzen. Unterwegs grinste er. Es schadete den jungen Leuten nichts, wenn man sie etwas aufscheuchte. Dieses Risiko gehörte zum Spaß dazu.

In der Nähe der Weinbergshütte befand sich ein Bildstock des heiligen Urban, der ringsum von Holundersträuchern eingewachsen war. Dort versteckte Alex sein Fahrrad und sich selbst, da er von hier aus einen guten Blick auf das Weinbergshäuschen hatte. Die Dämmerung schritt jetzt schnell fort.

Es verging knapp eine halbe Stunde, dann kam ein Auto den Weinbergsweg herauf gefahren. Da er geblendet war, konnte Alex nicht gleich erkennen, um welche Marke es sich handelte, doch dann stutzte er. Das war doch … Verflixt noch mal, was hatte denn seine Elsbeth hier im Wengert zu suchen? War Aerobic ausgefallen?

Mittlerweile hatte seine Frau den Wagen auf einer nahen Streuobstwiese geparkt und näherte sich zielsicher dem Häuschen. Alex hörte sie ein Lied summen. Sie öffnete wie selbstverständlich die Türe und trat ein. Wenig später sah er flackernden Lichtschein, dann wurde der Vorhang vorgezogen.

Alex hockte hinter den Büschen und war wie erstarrt. Was hatte das zu bedeuten? Sein Verstand weigert sich, das Offensichtliche zu akzeptieren.

Lange hatte er nicht, um sich zu fangen. Wenig später kam ein Motorroller über den steilen Weg herauf. Der Fahrer ließ das Zweirad ausrollen und bockte es direkt vor dem Bildstock, hinter dem Alex verborgen saß, auf. Fast wäre der Mann, um einen solchen handelte es sich, gegen das Fahrrad des Winzers gestoßen. Da er seinen Motorradhelm nicht abnahm, konnte Alex nicht erkennen, um wen es sich handelte. Seinen ganzen Bewegungen nach musste es sich aber um einen jungen Burschen handeln.

Der Kerl näherte sich der Hütte und klopfte von außen an die Fensterscheibe. „Schatzi, ich bins! Komm mach uff!“, rief er halblaut, dann trat er vor die Türe. Es dauerte nur Sekunden, dann wurde die Türe geöffnet und der Mann huschte hinein.

Alex gab sich keinerlei Illusionen hin, was jetzt für eine Art Aerobic im Inneren dieses Liebesnests abgehen würde. In ohnmächtiger Wut ballte er seine Fäuste.

Völlig niedergeschmettert packte Alex schließlich sein Fahrrad und verließ den Ort seiner Schmach. Völlig neben der Kappe fuhr er den Berg hinunter. Seine Elsbeth hatte ein Doppelleben! Einfach unvorstellbar! Fast wäre er in den Straßengraben gefahren, so benommen war er.

Das Wechselbad der Gefühle, dem er ausgesetzt war, war unbeschreiblich. Sah er sich in der einen Minute schon geschieden und den Hof unter dem Hammer, stieg ihm in der anderen eine derartige Wut in den Kopf, dass ihm fast der Schädel platzte. Es hätte nicht viel gefehlt und er wäre zurückgefahren und hätte dort oben alles kurz und klein geschlagen.

Im Ergebnis tat Alex aber gar nichts. Er stellte sein Rad in den Schuppen, dann setzte er sich mit einem Glas Wein auf die Bank vor dem Haus und grübelte. Wie sollte er sich verhalten, wenn seine Elsbeth nachher beschwingt und gut gelaunt durchs Hoftor kam? Sie kam immer beschwingt und gut gelaunt vom Aerobic zurück. Er hatte keine Zweifel daran, warum.

Es dauerte fast eine Stunde, ehe Alex den schwersten

Kampf seines Lebens ausgestanden hatte, den mit sich selbst. Er wusste, Gelegenheit macht Liebe und er hatte offenbar in den letzten Jahren für diese Gelegenheit gesorgt. Unwillkürlich fasste er sich selbst an die Nase.

Plötzlich schlug er sich wütend mit der Faust auf seinen Oberschenkel. Aber er dachte gar nicht daran, klein bei zu geben und das Feld zu räumen. Es wäre doch gelacht, wenn er einen Nebenbuhler nicht in die Flucht schlagen konnte. Es gab für ihn eigentlich auch gar keine andere Alternative. In dieser schweren Schicksalsstunde entwickelte Alex Neureuther einen Plan. Er musste Elsbeth wieder zur Besinnung bringen. Wenn erforderlich, auch mit drastischen Maßnahmen!

Alex wartete ab, bis ihm seine Frau in den nächsten Tagen wieder einmal erklärte, dass sie heute zum „Sport“ gehen würde.

An diesem Tag traf er heimlich die Vorbereitungen zur Durchführung seines Plans. Dann lungerte er den ganzen Nachmittag im Haus herum, um den richtigen Moment ja nicht zu verpassen. Elsbeth war so abgelenkt, dass ihr das merkwürdige Verhalten ihres Mannes gar nicht auffiel.

Als Elsbeth später die Garage betrat, um ihren Wagen herauszuholen, schlug Alex im wahrsten Sinne des Wortes zu. Während Elsbeth den Motor startete, klappte er schnell das Garagentor mit Schwung nach unten und schloss ab. Da die Garage keinen zweiten Ausgang hatte, war seine Frau darin gefangen. Ohne zu zögern, schnappte sich der Winzer dann sein Fahrrad und trat in die Pedale. Völlig ausgepumpt kam er zwanzig Minuten später auf der Weinbergshöhe an. Er versteckte das Rad und betrat die Hütte. Seine Vorbereitungen standen noch immer an Ort und Stelle. Sein Gesicht verzog sich leicht. Er war sicher, dass der Erfolg durchschlagend sein würde.

Nachdem er die Tür geschlossen hatte, zog er den Vorhang dreiviertel vor. Licht machte er nicht. Den Wirbel der beiden Fensterflügel öffnete er, so dass das Fenster leicht zu öffnen war. Als er fertig war, lehnte er sich gegen die Wand. Während er wartete, musterte er die Matratze. Hier auf diesem Lager hatten es der Kerl und seine Frau ... Wilde Wut trieb ihn den Schweiß auf die Stirne. Hoffentlich dauerte es nicht mehr lange. Er wollte endlich zuschlagen!

Es dauerte knapp dreißig Minuten, dann hörte der Winzer draußen das näherkommende Motorengeräusch eines Zweirads. Alex stieß ein leises Knurren aus. Nochmals überzeugte er sich davon, dass alles bereit war. Dann wartete er angespannt.

„Schatzi, komm mach uff! Ich bin ganz heiß uff Dich!" Der Ruf kam wie erwartet vom Fenster. Gleichzeitig ertönte ein leises Klopfen gegen die Scheibe.

Alex hatte die nun erforderlichen Bewegungsabläufe so oft durchdacht, dass sie wie bei einer Maschine abliefen. Mit beiden Händen riss er die Fensterflügel gleichzeitig auf, bückte sich und ergriff einen der beiden Plastikeimer, die er hier bereit gestellt hatte. Mit Schwung goss er den dickflüssigen Inhalt mitten in das verhasste Gesicht des Liebhabers seiner Elsbeth. Ehe der Kerl sich versah, folgte der zweite Eimer nach. In Oberbayern spricht man von Odel, auf Hochdeutsch ist es Jauche und in Unterfranken Mistsudel. In jedem Fall war es eine fürchterlich stinkende Flüssigkeit, die auch harten Gemütern das Ekeln lehren konnte.

„So, jetzt wässte, dass de mer stinkst! S hat sich Ausgschatzelt! Unn wenn i dich noch a mal mit meinere Elsbeth erwisch, steck i dich ganze gar ins Sudelloch! Druff kannste enn lass!"

Der so behandelte Liebhaber trat würgend und taumelnd die Flucht an. Noch von weitem konnte man seine Ekelgeräusche hören.

Alex bückte sich und nahm den dritten Eimer seiner Geheimwaffen, den er nicht benötigt hatte und goss ihn über die Matratze, dann verließ er erhobenen Hauptes das Liebesnest. Um die Wengertshütte wabberte eine dichte Wolke stinkender Jauche.

Merkwürdigerweise sagte Elsbeth kein Wort, als er sich wortreich bei ihr entschuldigte, dass er sie versehentlich in die Garage eingesperrt hatte. Sie verzog nur leicht das Gesicht, als sie seinen merkwürdigen Stallgeruch wahrnahm. Dabei hatten sie gar keine Viehhaltung und daher auch keinen Stall.

Felix verließ eine Woche später das Dorf. Auch er war nun davon überzeugt, dass Himmelstadt nicht der Himmel war, schon gar nicht für die freie Liebe.

Die Geschichte war gerade zu Ende, als die Tür aufging und eine wunderbare Duftwolke nach Sauerkraut den Raum erfüllte. „Das nenn ich echtes Kontrastprogramm", stellte Dr. Horst Ritter lachend fest, damit auf die geruchliche Komponente der letzten Erzählung anspielend.

Die Bedienungen trugen die Schlachtplatte auf, die der Gastgeber den Schoppenfetzern angekündigt hatte. Wenig später war nur noch lustvolles Kauen zu hören.

Ein bevorzugtes Gericht von Erich Rottmann ist Schlachtplatte. Nicht jeder kann sich dafür erwärmen, weil die tragische Voraussetzung für dieses Gericht das vorherige Ableben eines Schweins ist. Hat man diese Phase der Pietät aber einmal überwunden, wobei die wundervollen Geruchseindrücke, die diese Mahlzeit vermittelt, die Überwindung erheblich fördert, kann man sich dem Gericht mit ungezügelter Freude widmen.

Die Zutaten sind leicht zu bekommen, der zeitliche Aufwand gering.

Da Erich Rottmann noch nie ein Schwein vom Leben zum Tod befördert hat und von der gesamten Verwurstung keine Ahnung hat, begibt er sich zum Metzger seines Vertrauens und lässt sich dort sachkundig bedienen.

Basis bildet zunächst eine ordentliche Portion Sauerkraut, die man auch beim Metzger bekommen kann – oder im Supermarkt. Erich Rottmann ist da etwas eigen und besorgt sich das Kraut immer im Kohlanbauzentrum Bergtheim bei Würzburg, direkt vom Erzeuger. Wurde das Kraut früher von kräftigen Landfrauen mit bloßen Füßen in die Fässer gestampft, sind diese Vorgänge heute weitgehend mechanisiert. Wodurch, so stellen Feinschmecker fest, dem Kraut allerdings auch ein wenig Aroma verloren gegangen ist.

Erich Rottmann, der bekanntermaßen zu den großen Genießern zählt, hat deshalb schon zu besonderen Anlässen eine größere Menge Sauerkraut eingekauft und dieses in seiner heimischen Fußbadeschüssel auf geschilderte Weise nacharomatisiert. Natürlich ist das nicht jedermanns Geschmack.

Etwa 1 Kilogramm Kraut wird mit dreizehn Wacholderbeeren, zwei Lorbeerblättern und einem Kaffeelöffel Kümmel gewürzt und dann gekocht. Zwingend mitzukochen sind diverse Aromaverbesserer, wie zwei stramme Scheiben geräuchertes Bauchfleisch, was dem Kraut einen kräftigen, rauchigen Geschmack gibt. Das Bauchfleisch darf dabei auf keinen Fall seinen Biss verlieren. Also immer wieder die Konsistenz kontrollieren!

Wenn das Kraut gar ist, werden darin vor dem Servieren noch Leberwürschtli und Knäudeli (Blutwürschtli) erhitzt. Wenn man sicher sein kann, dass das Blut in den Knäudeli eine fast flüssige Konsistenz erreicht hat, wird das Gericht serviert. Platzt eine Wurst, ist das kein Drama. Dazu reicht man, je nach Geschmack, Kartoffelbrei aus mehligen Kartoffeln oder ein kräftiges unterfränkisches Bauernbrot. Als Getränk bietet sich auch hier ein trockener Silvaner oder ein spritziger Riesling an.

Als die leeren Schüsseln und Platten abgetragen wurden, spendeten die Herren selbstverständlich, wie bei Unterfranken üblich, reichlich Lob in Richtung Gastgeber. Nachdem sie zur Geschmacksabrundung nochmals ordentlich dem Schoppen zugesprochen hatten, meldete sich Dr. Ritter zu Wort. „Jetzt muss man doch in Richtung unseres geschätzten Gastgebers sagen, dass wir wirklich schon schlechter gegessen haben. Deutlicher kann man sein Wohlwollen und sein Lob doch kaum zum Ausdruck bringen. Könnt ihr euch erklären, wieso manche Menschen behaupten, wir Unterfranken könnten nicht loben?“

Nit gschimpft is a gelobt

Es ist eine durch ignorante Nichtunterfranken in die Welt gesetzte üble Nachrede, dass der Unterfranke praktisch nicht in der Lage sei, ein echtes, wohlmeinendes Lob auszusprechen. Man unterstellt uns, dass wir in diesem Zusammenhang immer nach dem Grundsatz „nit gschimpft is a gelobt“ verfahren würden. Was im Umkehrschluss bedeuten würde, dass wir Unterfranken im Normalzustand praktisch immer am Schimpfen sind, weil wir ja sonst andauernd loben würden.

Ich finde, es ist höchste Zeit, dass hierzu ein paar klärende Worte gesprochen werden. Es ist ein Gebot der Stunde, die Feinfühligkeit und die Sensibilität des Unterfranken einmal klar herauszustellen, dem es täglich gelingt, mit minimal-sprachlicher Vielfalt und körpersprachlicher Schlichtheit sein Wohlwollen über Ereignisse oder Zustände immer wieder überdeutlich und klar verständlich zum Ausdruck zu bringen.

Dabei muss eines vorweg festgestellt werden: Dem Unterfranken ist jegliche Lobhudelei fremd und verpönt! Das mit inflationärem Überschwang geäußerte Lob des

Rheinländers, die geschliffene Lobrhetorik des Norddeutschen ist ihm gänzlich verschlossen. Folglich steht er auch derartig leichtzüngig vorgetragenem Lob, soweit er es sprachlich überhaupt verstehen kann, äußert skeptisch, um nicht zu sagen misstrauisch gegenüber.

In seinem Sprachraum, also innerfränkisch, steht dem Unterfranken ein fein abgestuftes Spektrum an Lautmalereien, Wortfragmenten und Minimalsätzen zur Verfügung, die erst zusammen mit einer gekonnten körpersprachlichen Feinabstimmung im Ergebnis zu einem Lob verschmelzen. Hierbei spielt das kleine, für Unterfranken typische Füllwort „fei", wie wir sehen werden, eine nicht zu unterschätzende Rolle.

Die Basis eines unterfränkischen Lobs bildet ein schriftlich nur schwer darstellbarer, gutturaler Grunz- bzw. Knurrlaut, wie zum Beispiel: mmm_mmm, der überwiegend in einer individuell modulierten Mischform geäußert wird. Er findet in der Regel bei der Nahrungsaufnahme, vor allen Dingen bei vollem Mund seine Anwendung, wenn der Unterfranke sich zum Beispiel über eine ihm mundende Speise zufrieden äußern will, ohne dabei die Unhöflichkeit begehen zu müssen, mit vollem Mund zu sprechen. Körpersprachlich wird dabei ein mehr oder weniger ausgeprägtes, diese Lautäußerung unterstreichendes Kopfnicken eingesetzt. Wird dieser Laut mehrfach in Abständen geäußert, stellt dies bereits eine erhebliche Steigerung des einfachen Lobs dar.

Diese Art des Lobs wird auch gerne am Arbeitsplatz

gegenüber nachgeordneten Mitarbeitern praktiziert. Es ist leicht zu verstehen und kann, soweit erforderlich, durch eine Änderung des Kopfnickens in ein Kopfschütteln ohne größeren Aufwand auch in einen sanften Tadel umgewandelt werden.

Sieht sich der Unterfranke gezwungen, sich wegen einer beim Subjekt des Lobes gegebenen Begriffsstutzigkeit durch ganze Worte äußern zu müssen, steht ihm auch hier ein subtiles Ausdrucksspektrum zur Verfügung, das aufgrund seiner Silbenknappheit auch im hintersten Spessart oder in der höchsten Rhön verstanden wird. Es beginnt mit einem „Nit schlecht", wodurch dem Lobempfänger durch „nit" ganz deutlich klar gemacht wird, mit „schlecht", also etwas Negativem, hat die Aussage des Sprechenden absolut nichts zu tun. Unterfränkische Auswanderer haben diese prägnante Form des Lobs mit in die Neue Welt gebracht, wo es sich in einem „not bad", ebenso knapp und positiv etabliert hat.

Der Unterfranke kann hier über das bereits erwähnte kleine Wörtchen „fei" eine Verstärkung erzielen, die der Unterfranko-Amerikaner so leider nicht in die Neue Welt transferieren konnte. Wird die vorstehende Lobaussage von einem etwas begriffsstutzigen Unterfranken irgendwie angezweifelt, wird der Lobende den Versuch unternehmen, diese Zweifel durch ein „fei nit schlecht" zu beseitigen versuchen. Sollten dann immer noch Verständnisprobleme bestehen, steht als letzte Steigerung ein wortreiches „is fei wirkli nit schlecht" zur Verfügung, was aber, unter uns gesagt, schon heftig an die Grenzen der Schwatzhaftigkeit stößt.

Wurde im vorigen Beispiel ein grundsätzlich negatives Wort durch die Verneinung „nit" positiv besetzt, hat der sprachgewaltige Unterfranke eine weitere linguistische Möglichkeit, seinem Gesprächspartner positive Rückmeldungen zu geben. Zu erwähnen ist das kernige, gleichbetonte „Geht scho!", das, verbunden mit einem kurzen Verschließen der Augen, was körpersprachlich reines Wohlwollen zum Ausdruck bringen soll, als Lob gerne eingesetzt wird. Bitte nicht verwechseln mit dem Oberfränkischen „passt scho", das im Prinzip aber den gleichen Sinn erfüllt.

Wird diese Aussage mit einer kleinen Betonungsschleife nach oben zu einer Frage gestaltet wie „Gehts scho?", ist dies der Versuch eines Unterfranken, auf seine subtile Weise ein Lob zu provozieren. Dies wird zum Beispiel gerne von Bedienungen in unterfränkischen Wirtschaften praktiziert, die hierdurch diskret, aber unmissverständlich, auch auf ein ordentliches Trinkgeld hinarbeiten.

Die Antwort auf diese Frage muss natürlich eindeutig sein und wird häufig durch eine Abwandlung des Kernsatzes wie „Des geht fei!" beantwortet. Hier wird wiederum das bereits erwähnte Multifunktionswort „fei" als wirksamer Verstärker dieser positiven Aussage eingesetzt.

Eine Besonderheit im Lobspektrum des Unterfranken besteht darin, dass er die Kunst beherrscht, durch einen eigentlich negativen Vergleich, ein äußerst positives Lob, ja ein regelrechtes Kompliment, zu kreieren. Aussagen in Richtung Gastgeber bei Einladungen zum Essen wie: „Ich hab fei scho schlechter gesse!" oder aus dem Bereich der persönlichen Komplimente wie „Du bist fei eindeudich nimmer so dick wies letzte Mal, wie mer uns gsehe ham“, werden von unterfränkischen Gesprächspartnern, speziell den weiblichen, immer richtig verstanden und entsprechend freundlich honoriert. Eine höfliche Erwiderung wie „Dei Kläder schlackern fei a nur no an dir rum“, oder „Wenn de so weiter mechst, bist fei nur noch Haut unn Knoche“, verbunden mit einem bewundernden Blick auf die vor ihm stehende Idealfigur werden durchaus erwartet und runden den Austausch gegenseitiger Komplimente ab.

Der Leser wird bemerkt haben, dass bei letzteren Beispielen ein erheblicher Wortaufwand erforderlich ist, weshalb diese Arten des Lobs nur sparsam eingesetzt werden.

Es ist natürlich nachzuvollziehen, dass Nichtunterfranken, denen die feinen Nuancen der unterfränkischen Sprachkultur aufgrund mangelnder Sprachkenntnisse verschlossen bleiben müssen, hier gelegentlich massive Verständnisprobleme haben. Es ist zu vermuten, dass durch einen derartigen sprachlichen Bildungsmangel ungerechtfertigterweise im nichtunterfränkischen Ausland der Nimbus des ungehobelten, wortkargen Unterfranken begründet wurde.

Es gibt allerdings einen Bereich, bei dem der Unterfranke aus seiner ihm sonst eigenen sprachlichen Zurückhaltung erwacht und er einen regelrechten Höhenflug erlebt, der selbst die größten Lobhudler der Nation in Erstaunen versetzt. Hierbei öffnet der Unterfranke seine rhetorischen Schleusen und bricht in einem fast schon orientalisch zu nennendem Überschwang in ungebremstes Lob aus: Dieses kleine Wunder geschieht regelmäßig bei der Präsentation des flüssigen Goldes dieser Region, dem Frankenwein. Gerade noch unnahbar und hölzern scheinende Winzer kehren bei Weinverkostungen plötzlich voller Emotionen ihre Seele nach außen. Sie lassen die ihnen eigene Erdenschwere vergessen, indem sie den im Glas schimmernden Rebensaft mit grazilen, tänzelnden Bewegungen ins Licht halten und mit blumenreichen Beschreibungen dieser Gottesgabe huldigen. Mit zunehmendem Weingenuss wird die Sprache dieser Menschen immer bildhafter, die Geschmacksvergleiche mit Früchten, Gewürzen und anderen Komponenten immer fantasiereicher.

Am Ende eines solchen Feuerwerks für die Geschmacksknospen kann es dann schon passieren, dass der eine oder andere unterfränkische Schoppenfetzer am Zenit des Genusses angekommen, die Beherrschung verliert und mit einem enthusiastischem „Ich hab fei scho viel schlechtern Wein getrunke“ seine Begeisterung laut hinausschreit und dann mit einer eindeutigen, keine Frage offen lassenden Körpersprache schwankend nach Hause wankt.

Der Abend wurde noch lange und feuchtfröhlich, bis der Gastgeber irgendwann seine Frau in die Arme nahm und meinte: „Fraa, mer gehn jetzt ins Bett, die Gäst wolle hemm!" Derartig feinfühlig auf die späte, besser gesagt, frühe Stunde aufmerksam gemacht, brach die muntere Herrengesellschaft auf und ließ sich von mehreren Taxis nach Hause fahren.

Als einziger Schoppenfetzer war nur noch Öchsle nüchtern, der sorgsam darauf bedacht war, dass sein Herrchen auch ins Bett fand.

Günter Huth zum Lesen und Hören

Der Schoppenfetzer
und seine mörderische Weihnacht

110 Seiten, Broschur
ISBN 978-3-429-02813-8

Der Schoppenfetzer
und seine weinfränkischen Stammtischgschichtli

128 Seiten, Broschur
ISBN 978-3-429-02910-4

Der Schoppenfetzer
und seine weinfränkischen Kellergschichtli

Hörbuch (CD)
mit 72 min. Spielzeit
ISBN 978-3-429-03138-1

Der Schoppenfetzer
und seine weinfränkischen Stammtischgschichtli

Hörbuch (CD)
mit 64 min. Spielzeit
ISBN 978-3-429-03139-8

Die *Schoppenfetzer*-Krimis

aus dem Buchverlag Peter Hellmund

① *Der Schoppenfetzer* und die Silvanerleiche
159 Seiten, Broschur
ISBN 978-3-9808253-2-0

② *Der Schoppenfetzer* und der Tod des Nachtwächters
167 Seiten, Broschur
ISBN 978-3-9808253-4-4

③ *Der Schoppenfetzer* und das Rotweingrab
156 Seiten, Broschur
ISBN 978-3-9808253-6-8

④ *Der Schoppenfetzer* und das Riesling-Attentat
159 Seiten, Broschur
ISBN 978-3-9808253-8-2

⑤ *Der Schoppenfetzer* und der Henkerswein
157 Seiten, Broschur
ISBN 978-3-939103-03-5

⑥ *Der Schoppenfetzer* und der Messweinfluch
165 Seiten, Broschur
ISBN 978-3-939103-09-7

⑦ *Der Schoppenfetzer* und die Weindorftoten
159 Seiten, Broschur
ISBN 978-3-939103-15-8

⑧ *Der Schoppenfetzer* und die Bacchus-Verschwörung
160 Seiten, Broschur
ISBN 978-3-939103-22-6

Bibliografische Information der Deutschen Nationalbibliothek

Die Deutsche Nationalbibliothek verzeichnet diese Publikation in der Deutschen Nationalbibliografie; detaillierte bibliografische Daten sind im Internet über http://dnb.d-nb.de abrufbar.

2. Auflage 2011

www.echter-verlag.de

Gestaltung
Peter Hellmund, Würzburg

Druck und Bindung
CPI – Clausen & Bosse, Leck

ISBN 978-3-429-03137-4